D+

dear+ novel

OMAEGANOZOMU SEKAINO OWARIWA・・・・・・・・・・・・・・・・・・

おまえが望む世界の終わりは

菅野 彰

新書館ディアプラス文庫

おまえが望む世界の終わりは

contents

illustration：草間さかえ

おまえが望む世界の終わりは

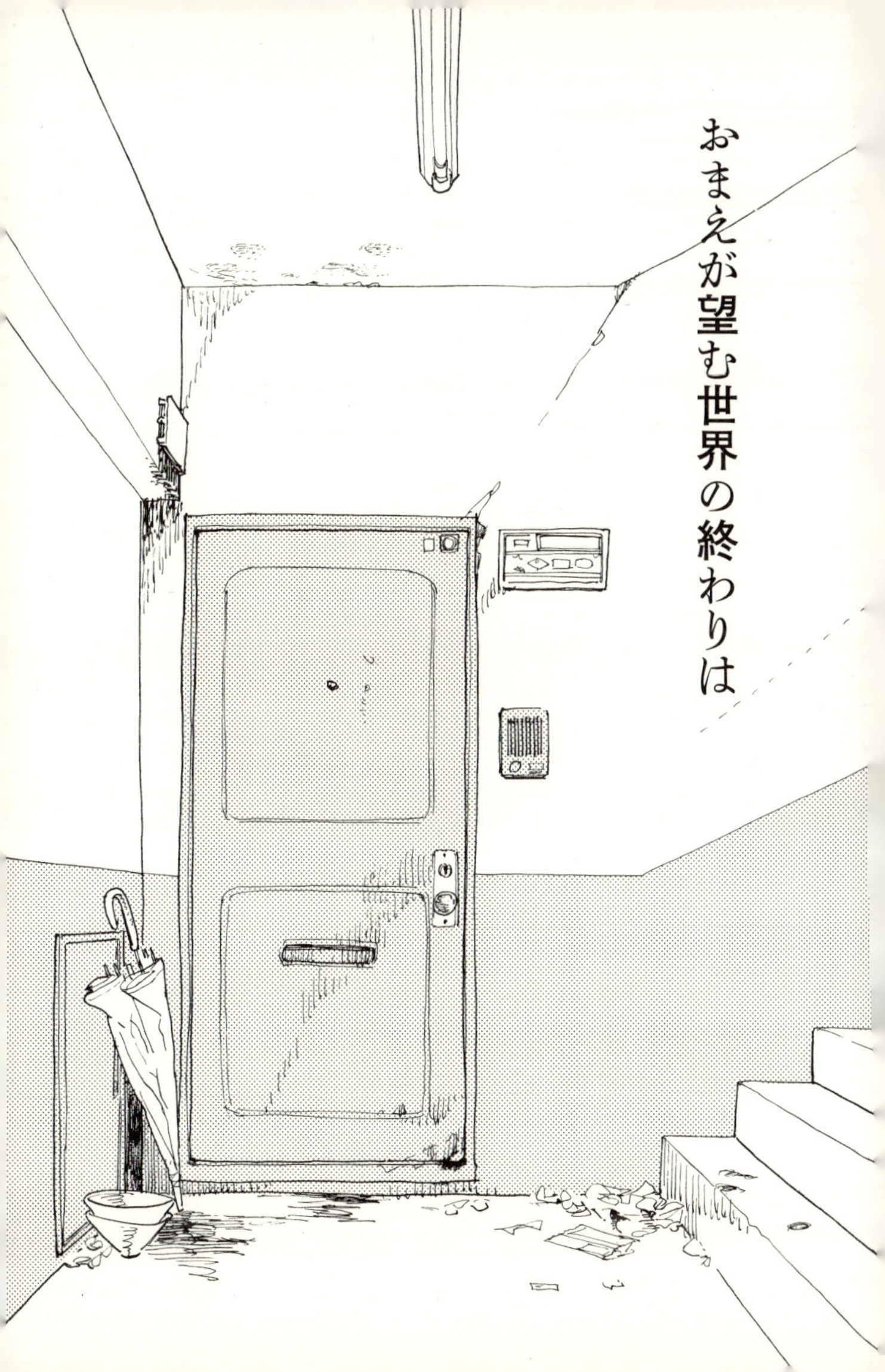

ときには世界の終わりを望むことくらいある。
そんなの誰だって一度や二度本気でお願いする。
最初からなかったみたいに音もなく消えて欲しい。

世界。

帰ったら猫を探そうと考えることが、最近は癖のようになっていた。

「ビマジョってなんだ」

ファミリーレストランの大きな窓に、五月の鮮やかな緑が映る。

街路樹が育ちすぎだとそれを見ていた阿川佳人《あがわけいと》は、目の前に座っているもうすぐ還暦を迎える男からの言葉にコーヒーを飲み込み損ねた。

「……それ、誰が言ったんですか」

少し長めの髪を頬に落として白いシャツの腕を捲《まく》りながら、佳人が噎《む》せて顔を顰《しか》める。

「こいつが」

還暦近いといってもまだ充分に力強い男、瀧川勇治《たきがわゆうじ》はラフな黒のジャージ姿で、自分の隣に座っている上背《うわぜい》のある青年を親指で指した。

「え、なんでそれ言うんですか親方……イテッ！」

困惑しながらも鋭利に整った顔で瀧川を見たTシャツにデニムの青年を、斜め前から躊躇《ためら》わずに佳人が蹴る。

「蹴られるようなことなのか？」

手元の絵コンテを見ているのかと思ったらいきなり問題発言を投げた瀧川は、自分の連れが蹴られたことなど気にせず更に佳人に訊いた。

ふて腐れたが青年は、この場では最年少なので臑《すね》を摩《さす》りながらも黙っている。

「そうですね。目の前にいるので蹴りました。ところで誰ですか、この若いの」

「ああ、悪い悪い。まだ紹介もしてなかったな。あんたと仕事するの……八年ぶりか。六年前からうちで働いてる、孔太《こうた》だ。孔太、挨拶しろ。監督に」

ファミリーレストランに入って来るなり絵コンテを見始めていた瀧川は、佳人が初めて見るその青年が誰なのかを今やっと説明した。

「……久賀《くが》、孔太です。親方のところで六年目になります。よろしくお願いします」

精悍《せいかん》というには何か翳《かげ》りのある顔で、久賀孔太はにこりともしなかった。

「一応挨拶はできるんだな。どうも、阿川です」

毒づいたつもりはなく見たまま言って、佳人が肩を竦《すく》める。

多く見積もっても二十代後半には見えない若さにふさわしく、孔太は腹立たしげに口をへの字にした。

色の薄い髪が若干伸びすぎている佳人と違って、孔太は襟足が隠れる程度の黒髪を普通にきちんと切っている。

「この席、外から見えるだろ？　孔太がここ入るときにあんたのこと見て、あ、ビマジョだって」

悪気なくその言葉を繰り返した瀧川に、佳人はその伸びた髪を掻《か》き上げて大きく溜息を吐いた。

「自分も最近知ったんですけど、俺のあだ名みたいです」

「どういう意味だ?」

噂話を嫌い雑談も好まない、操演《そうえん》という特殊な仕事を長年屋号を持ってしている職人気質《かたぎ》の瀧川が、そんな俗なことを訊きたがるのが佳人には意外だった。

「なんでそんなことに興味あるんですか。珍しいですね」

けれどよく考えてみれば佳人は、映画を撮るのもそのために瀧川に操演を依頼するのも八年ぶりだ。

瀧川は「監督」と孔太に紹介してくれたが、孔太があだ名を口にした通り、佳人の基本の生《なり》業《わい》は世間にそこそこだが名前の知られている映像畑の俳優だった。

「意味がわからんことはいくつになっても聞いときたい。最近何処《どこ》の現場でもわからんことばかりだ」

「向学心旺盛ですね……迷惑ですけど見習います。少し前に、コンビニに入ったらスポーツ新聞の見出しが見えて」

自棄《やけ》を起こして佳人は、ソファ状の椅子に背をのさばらせて、何故《なぜ》そのあだ名を自分が知ったのかというところから話し始めた。

「知り合いの俳優の名前が書いてありまして。その続きに『ビマジョ』となんとか愛みたいなことが書いてあってですね、誰だビマジョってと新聞を引き抜いたら」

窓の外から迂闊《うかつ》なことを言った孔太は、バツが悪そうに黙り込んでいる。

「その俳優と写真に写ってたのは自分でした」

「どういうことだ、女装でもしてたのか。ビマジョのジョは女なんじゃないのか？」

そんな説明では瀧川はもちろん、尋ねた言葉の意味を理解するはずもなかった。

「してませんよー。今と同じ、パンツにシャツにジャケットくらいは着てたかな。記念にその新聞買ったんでうちにあります。レジの店員が震えてましたよ。笑いたかったんですかね」

「全くわからん」

「俺が、デビューした頃」

口に出した本人が説明しやがれと佳人が孔太を睨みつけると、孔太は力強そうな顔を顰めたままでいる。

「十九歳、大学の映画学科監督コースで。もう……十二年前かな。これが、大層美しくてですね」

「あんたは自分でそういうことを言うやつだったな」

平然と言ってのけた佳人に、瀧川は呆れて笑った。

「まあ、今も美しいだろうよ。まだ三十一か」

「世間からしたら、もう三十一のようです。美人女優が四十過ぎても五十過ぎても若々しく美しいのを、美しい魔女と書いてビマジョというのです。最近は医療の発達著しく、珍しくもないんでこの言葉も聞かないですけどね。すごいですよ、人工美。造り手を褒め称えたい」

「あんた現場でちゃんと人と上手《うま》くやれてんのか」

「もちろんやれてません。因果が巡って、近頃は聞かない言葉なのに自分に降りかかって参りました。俺はセクシャリティ関係の噂も含めて、三十一で世間のあだ名がビマジョですよ」

「へえ。ああ、そういえばあんたの名前美人って意味だもんな」

本当に言葉への興味だけで訊いた瀧川が、感心したように佳人の説明に頷く。

「親はつけてからその意味に気がついたそうです。佳の字の意味の方を考えて、届け出してあってなったって」

「はは、届け出しちまったらなあ。いや悪い名前じゃねえよ。だが美人に魔女つけることはないな」

「本当ですよ。魔法は使いません」

「おまえ、失礼なこと言うな。孔太」

意味を納得した途端眉を寄せて、瀧川は隣の孔太を叱った。

「あの……すみません、俺。映画の仕事だって聞いてたんで、監督がその」

「ビマジョだとは思わなかったと」

大きな体に似合わない言い訳をしようとした孔太に、佳人が意地悪く笑って頬杖をつく。

「仕事相手じゃなくても、人様を魔女呼ばわりすんな」

「……ホント、すみません」

「いや、いいですよもう。面と向かって言われたの初めてでなんかスッキリしました。何処で言われてんだってイライラカリカリしてたんで」

あまりに孔太が大きな体を小さくするので、さすがに苛《いじ》めすぎたと佳人は取り成した。

「イライラカリカリするのか」

その方がいいというように、怖い顔を緩めて瀧川が笑う。

「俺はいちいちイライラします。全部気にします。現場でもなんでだか女優さん怒らせたりするし、役者は向いてないです」

「なんでだかじゃないだろうが。しかしそれにしちゃ映画撮るの久しぶりじゃねえか」

「資金がやっとなんとかなったとこなんですよ。スポンサーついてくれて」

苦笑した佳人に、それは仕方ないと瀧川は肩を竦めた。

「なるほど。外国で賞なんか取っても金にはならんらしいな」

「はは、全くその通りですよ」

忌憚《きたん》のないことを言われて、八年前に海外の映画祭で新人賞を貰って喜んだ自分に佳人が溜息を吐く。

「だが、あんたが寄越す仕事はおもしろくて俺は好きだよ。八年前に海の上で火を灯したのも、滅多にやらんことなんで楽しかったな」

「覚えていていただいて、嬉しいです」

「覚えてなきゃ打ち合わせ来ねえよ。孔太は、従業員つうかもう助手だ。助手っていうか……あんたの前の映画のときはこいついなかったが」

ふと孔太の説明をしようとして、瀧川は途中で面倒くさがってやめてしまった。

「親方、従業員なんか使ってましたっけ？」

確かに瀧川は代表だが、その現場現場で技術職の者を集めていちいちチームを作っていたはずだと佳人が首を傾げる。

「んー？　これは、あれだ。最初で最後だな。人使うのは」

多くは語らず、瀧川は笑った。

窓ガラスの向こうでうっかり失言を吐いたせいか、元々そういうたちなのか、孔太は黒髪のせいもあって硬い印象の男前で無口だ。その顔には無口がよく似合っている。

「今回も変わったことするんだな。大がかりだ」

孔太の説明を切り上げて、瀧川の目線が手元の絵コンテに戻った。

「先に絵コンテ送っておいたのに」

ずっと絵コンテを見ている瀧川に、佳人が苦笑する。

「顔見て喋って決めたいんだ。俺は」

「親方のそういうとこ好きなんです。お願いしますよ」

まっすぐ言って、佳人は頭を下げた。

気さくな口をきいてくれているが、瀧川は操演のエキスパートだ。

操演はＣＧへの移行もあって、逆に手練《てだ》れの職人を探すのが一苦労だった。火を灯すのも火薬で爆破を見せるのも、ワイヤーで人を吊るして飛んだり浮いたりしているように見せるのも、全て操演の仕事だ。

瀧川はその中で、火に関わる技術が突出していた。経験値が高い分、新しい技術でも及ばない火を作る。

八年前の初監督作のとき大学の先輩の口利きでよくわからず瀧川に頼んだ佳人は、打ち合わせでも現場でもこっぴどく怒鳴られて何度も「殺してやるくそじじい」と喉元まで言葉が出かかった。

だが、いざ映画ができあがってみると映像にはＣＧでは決して作り得ない臨場感が、自分の中には物作りへの強い心構えが与えられていた。

「これ見せられちゃな。考えねえわけにはいかねえが」

絵コンテを瀧川は、佳人が覚えているのより随分やさしい顔で眺めている。

「俺も歳《とし》だ」

やさしさの理由を、瀧川はすぐに口にした。

「そんなこと……」

「少し黙ってろ」

絵コンテに集中させろと言い放って、瀧川の方が黙ってしまう。

いつの間にか五月の長い日も暮れ始めて、ほとんど喋らない孔太をふと見たら、佳人は思いがけないことに突然気づいて眉間に皺《しわ》が寄った。

しばらく掛かるだろうと、意外と座り心地のいい椅子から立ち上がる。

「電話」

どうしてというように孔太が自分を見上げたので、書面に集中している瀧川への伝言も兼ねて短く佳人は言い置いた。


「やりにくい顔だな、あいつ。なんていったっけ……久賀《くが》、孔太《こうた》?」

そろそろ少し切りたいがまだ出演している映画の撮影中だと何度も思い出して、佳人《けいと》は苛々《いらいら》と髪を掻《か》いた。

生成《きな》りのパンツのポケットから携帯を取り出して、店を出る。

シャツ一枚では、五月の夜風は少し肌寒かった。

「悪い悪い、遅くなって」

丁度アドレス帳から名前を選んで電話をかけようとしていた三笠祐介《みかさゆうすけ》の軽い声が、佳人の背中に投げられる。

「おまえ、遅いよ！」

打ち合わせに最初からいる約束だった祐介が大幅に遅刻したことに、佳人は振り返るなり怒った。

「ごめんごめん！　でも現場掛け持ちだからさー。おまえんとこも今回の撮影中だけだから、全部の時間は約束できないって」

怒るたび祐介には、怒っても仕方がないと思わせられる。

中肉中背に眼鏡という人を油断させる容姿の映画学科で同期だった祐介は、方々で現場マネージメントを任されるフリーの制作だった。

「おまえが制作のトップなのに、いなくてどうするよ」

制作と名がつく者は、人集め物集め資金の調達時間の管理となんでもやる。なんでもやるが誰でもいいわけではなく、人選を間違えれば現場が破綻《はたん》することもある。

祐介はその能力が高く、いつでも何処《どこ》かの現場から声が掛かっていた。

「まあまあ。っていっても本編撮り終わってあと操演部分だけだ。編集が待ち遠しいな。完成楽しみにしてるよ、阿川《あがわ》監督！」

調子のいい祐介をけれど、佳人は憎む気持ちには全くなれない。

そうやってみんなの気持ちを和《なご》ませるのも、祐介の仕事が絶えない理由だろう。

撮影現場は肉体労働も多く過酷で、徹夜が続くと揉《も》め事も起きる。それを抑えるのも祐介の仕事だ。

「……そうだ。やっと火の部分に来たよ。おまえのおかげで場所の許可取りができた。感謝してる。遅いって言っといてなんだけど、今日は具体的な話までは辿り着かないな。悪い」

店の外から佳人は、瀧川《たきがわ》がいる窓の方を見た。

いつの間にか、その隣に座っていたはずの孔太がいない。

「まあ親方のそういうとこには慣れてる。引き受けてはくれるよ。そうじゃなきゃここまで来いって言わない人だ」

埼玉にある瀧川の事務所近くの街路樹を、慣れない様子で祐介は見渡した。

「だといいんだけど。他の人には頼みたくない」

都内より道幅が広く緑も多少は多くて、佳人も祐介の落ち着かない気持ちはわかる。

もっとも佳人には、随分昔によく見ていた景色だった。

「心配すんな。そういえば、見たか？　親方の助手。助手っていうか、最近親方の仕事ほとんどあの若いのが……なんていうか、こう」

「なんでおまえまで曖昧《あいまい》なんだよ。親方もあいつの説明曖昧だった」

孔太のことを祐介が話しているとわかって、佳人が肩を竦《すく》める。

「なんていうか、CGの台頭で操演《そうえん》も過渡期が続いてるからな。よくわからん、本当のとこは俺も。あの若いの、そっくりだろ」

言われて、佳人は祐介がなんのことを言ったのかはすぐに理解した。

やりにくい顔だと、さっき孔太のことを独りごちたばかりだ。

「言うなよそれ」

「彼氏にそっくり。他の現場で、女子にきゃあきゃあ言われてたぞ」

彼氏と言われて、一緒にスポーツ新聞の一面を飾った男のことを否応なく思い出させられ、佳人が大きく溜息を吐《つ》く。

「おまえそういうとこ直せよ……」

「明け透けな方がやりやすいだろ?」

「俺はおまえよりは繊細だ!」

繊細だと言った佳人に、祐介が遠慮なく噴き出した。

そんな風に笑われては、大概図太くなってきていると自分でも認めざるを得ない。

けれどふと、何か違う人を見るように祐介が佳人を見た。

「ホント、いつからそんなに落ちついちゃったのかね。まあその方が長生きするよ。考えすぎると早死にする」

軽い祐介らしくない口調に、佳人もこんな風に居直って生きているのは最近だと思い出して腰の据わりが悪い。

「落ちついてはいないけど。……確かに似てるとは思ったよ、あの若いの。まあでも、十くらい下だろ一哉《かずや》さんの。子ども過ぎて興味ない」

「おまえ歳下嫌いだもんな。恋人でも仕事でもなんでも」

「うん。子ども大嫌い。行こう、親方のとこ」

子どもと口にしたところで、自分たちが瀧川の前では子どものようなものだと思い出し、佳人は店の方を向いた。

そこに、やはり電話のために出て来たと思しき孔太が、携帯を握ったままじっと佳人を見ている。

「……それって俳優の、萩原《はぎわら》一哉のことですか」

よく似ていると言われるのか、全て聞こえていたことを孔太はすぐに明かした。

「あのー、ごめん久賀くんだっけ？　どうも、この現場の制作やってる三笠です。セクハラ的なやつじゃないから。似てるってだけの話。気にしないで」

「おまえがペラペラ喋るから……っ」

「俺、親方に挨拶してくるな！」

怒った佳人からするりと逃げて、祐介が店に入ってしまう。

向き合ったまま孔太と二人きりになって、さすがに佳人も気まずかった。

「そんなに似てないいな。一哉さんおまえほど背、高くない」

無理に笑おうとして佳人は、自分より五センチは高いところにある孔太の目を見る。

「監督、ホモなんですか」

不躾《ぶしつけ》極まりない言い方だったが、尋ねた孔太に侮蔑はないことはなんとか佳人にも伝わった。

「今時、ゲイって言わないと差別主義者としてぶっ叩かれるぞ。この業界多いし。セクマイ」

「セクマイって？」

セクシャルマイノリティという言葉をまず知らない孔太に、打つ手なしと佳人が両手を返す。

「ま、どっちでも同じだ。そうだよ。俺はホモです。でもあいつが言った通り、歳下には興味ゼロだから安心して」

触ったら飛びすさるだろうかとわざと肩を叩いてやって、佳人は孔太を置いて店の中に戻った。

瀧川《たきがわ》が絵コンテを眺めるのをひたすら三人で待つファミリーレストランから祐介《ゆうすけ》が他の現場に移動してしまい、更には瀧川は持ち帰ってまだ眺めるということで終電近くに打ち合わせは解散になった。

「……親方はああいうとこホント職人肌だな。なんも言われないの怖いっつうの」

空《す》いている上りの電車の窓の外を、座った座席から眺めて佳人《けいと》が独りごちる。

「そうですね」

隣に座っていた孔太《こうた》が、相槌《あいづち》を打った。

「おまえに話しかけてない。気まずいな！　車両変えようか、俺」

「いえ、俺は気まずくないです」

律儀に返されて、気まずいのはこっちだと言うほど大人げなくもなれず佳人がまた窓を見る。

「池袋方面なの？　乗り継ぎ大丈夫？　終電」

仕方なく佳人は、最も無難と思われる孔太の終電のことを尋ねた。

「大宮の方です」

「逆だよ、それ」

「知ってます」

それなら下り電車だと驚いた佳人に、何を思うのか孔太が返す。

「今上りに乗ってたら帰れないだろ」

「呑みに行きませんか」

じっと隣から顔を見られて思いもよらないことを言われて、佳人も孔太の顔をまともに見る羽目になった。

真顔の孔太は、会ったばかりなのもあるがとても男を好むようには見えない。

萩原一哉《はぎわらかずや》と似ているのは顔だけで、少し話せば当たり前だが何もかもが違うとは佳人にもすぐにわかった。

「あのさ」

どういうつもりかわからず、しかしこれから仕事で顔を合わせる相手なので珍しいことだが佳人が答えに窮する。

「さっき聞かれちゃったから言うけど、つい最近別れたんだよ。おまえと同じ顔の彼氏」

週刊誌にでもスポーツ新聞にでも好きに売ってくれと、自棄《やけ》になってそれを打ち明けた。

「おまえの顔見ながら酒呑みたくないの」

「別れたなら余計、お願いします」

はっきりと理由を言って断った佳人に、孔太は引き下がらなかった。

「少しでいいんで」

強引というよりは意図の見えない孔太の誘いの断り方がわからず、佳人が黙り込む。

仕事柄なのかこういうことは多く、きっぱり跳ね返すことには慣れていたが、何故《なぜ》だか孔太は目的が違うようにも見えて佳人はこめかみを掻《か》いた。


朝までつきあう気持ちにはとてもなれなかったので、カプセルホテルも多い新宿を選んで佳《けい》人《と》は適当な大箱居酒屋に孔太《こうた》と入った。

好きな酒好きな食べ物と佳人は嗜好《しこう》がはっきりしていたが、孔太のような明らかな若輩者をわざわざ行きつけの店に連れて行く理由は一つもない。

「大丈夫なんですか?」

四人席が仕切りに挟まれている居酒屋の奥で、生ビールを頼んだ孔太は佳人に尋ねた。

「何が」

同じく生ビールを呑んで枝豆や豆腐と無難なものを摘まみながら、佳人が尋ね返す。

「割と有名な俳優なのに、こんな居酒屋で」

「割とは余計だと言いたいとこだけど。元彼がフルネームでこっちはあだ名なくらいなんで、俺はそんなに有名じゃないよ」

「実は」

何か相談でもされるのかと、佳人は続きを待った。相談事を聞くのは得意ではなかったが、こちらからは何も孔太に話すことはない。

「俺も、この間監督のこと知りました」

喉に入れた生ビールに、佳人は噎《む》せるしかなかった。

「そんでいきなり、あ、ビマジョ、なのかよ」

「すみません。俺、普段テレビ観なくて」

悪いとは思っているのか、ただでさえ緊張感のあった孔太の顔が神妙になる。

最近別れた男と同じ顔だが、つきあっていた男とも言えるので好きな顔は好きな顔だと、孔太の話には興味が持てず佳人はその顔を見ていた。

昔風の整った顔で、硬い印象が自分の好みなのだと今更佳人も知る。

だが祐介《ゆうすけ》が言った通り、佳人は歳下には一切興味がなかった。

「少し前にいた現場で、若い連中が監督の話してて。休憩所でドラマの再放送が流れてたんです。あだ名はそこで聞きました」

「へえ、なんか再放送してるんだ。今」

「男ばっかだったんで、やれるかやれないかって話になって」

ふざけているでもなく揶揄《からか》っているでもない一本調子の孔太に、佳人はますます全く目的が見えなくなる。

「それに参加したの」

「自分は無理だと思ったんですけど、そのときは。だからやれないと答えました」

律儀に問いに答えて、孔太がじっと佳人を見た。

「いいんじゃないの、それで」

前髪が掛かった黒い目で検分するように見られても、佳人はそういう視線には慣れている。

「でも今日会ってみたら……確かに年増だけど美人です。やれなくはないです」

「俺がおまえを犯してやろうか！　おまえ本当に六年も親方のとこで働いてんのかよ！」

どういう礼儀知らずだとさすがに声を荒らげて、佳人は生ビールをテーブルに叩きつけた。

「はい。八月で丸六年です」

「……まあ、そうだろうな。あの人礼儀も何もないもんな。言いたいこと言う。でもおまえはまだ早いんじゃないの、そういう口きくの。いくつだよ」

即答されると瀧川《たきがわ》がそんな方向の礼儀は教えるわけがないと気づかされて、佳人をどっと疲れが襲う。

「二十五です。新聞の人は、俺より十くらい上ですか？」

「そうだな。丁度、十歳上だよ」

「俺の顔見ながら呑みたくないって」

なんで別れた男の話をさせられているのかと、酒にも酔えずそろそろ帰ろうかと佳人は溜息を吐《つ》いた。

「嫌いになったんですか？」

「なんでおまえにそんな話しなきゃなんないんだよ。ぼちぼち帰っていい？　明日も仕事あるし」

「まだ本題に入ってないです」

「なんか本題があんの⁉」

　自分に向かっての話があって誘われたとは思わなかったので、本気で驚いて佳人の声が大きくなる。

「あります。あの、男の人としかつきあわないんですか？」

「俺、さっきおまえに言ったけどゲイだって。一応言っとくけど、言うなよ人に」

「もう新聞にも載ってるのに？」

「自分で認めるのと噂されるのでは大違いなの。俺はかまわないけど、相手のある話だし。あと俺にも親いるんで、おおっぴらにカミングアウトはしてないよ。俺も、あの人も」

　初めて会ったどんな人間かもわからない男に明かしてしまったのは浅はかだったと反省しかけて、何もかも祐介の軽薄のせいだと佳人は次に会ったら殴ろうと決めた。

「俺、相手を探してるんだ」

　不意に、深刻そうな孔太の言葉から敬語が消える。

「つきあってくれない？」

まっすぐ目を見て言われて、佳人はわけがわからずただ困惑した。

深夜の居酒屋は騒がしく、ここは何処《どこ》からも死角の席で会話は誰にも聞こえていない。

「ノンケだろ？」

「ノンケ？」

どういうことだと尋ねた佳人の言葉の意味を、絶望的なことに孔太は理解しなかった。

「真面目に答えるけど、仕事場でセクシャリティ違うやつとどうこうなる気ないから。下手すると訴えられるし、血ー見たこともあるから絶対やだ」

「どういうことですか」

多分セクシャリティの意味さえ曖昧《あいまい》なのだろう孔太は、そのまま佳人に訊き返してくる。

「ルールや経験ないやつの方がとち狂っておかしくなっちゃうんだよ。ましてやこれから仕事する相手なんて無理」

「あんたなら俺、いけると思う」

「ぶち殺すぞおまえ」

そのくらいの言いようでは孔太は全く動じず、簡単な恫喝《どうかつ》は響かないタイプだと佳人はすぐに悟った。

「なんなのそれ、興味本位なの？　俺、本当に子どもはいやなの。しかもおまえみたいな馬鹿

よ」

「馬鹿は馬鹿かもしれないけど、子どもじゃない。歳上の元彼よりマシかどうか確かめてみて

そうなの大嫌い」

自分に興味があるとはとても思えないのに引かない孔太に音を上げて、立ち上がってその隣に佳人が移動する。

そこで初めて身を引いた孔太に構わず、デニムの上から佳人は股間を思い切り掴んだ。

「……っ……」

腹いせに精一杯の艶を見せてやって、濡れたまなざしで見上げる。

孔太の耳元に佳人は、触れるギリギリまで唇を寄せた。

「こんな粗末なもんとやれない。無理」

息を詰めて固まっている孔太に囁いて、手を放して立ち上がる。

「払っとくから適当に帰んな」

伝票を摑んで佳人は、さっさとその場を離れた。

「……粗末⁉」

今言葉が頭に届いたのか、背後から孔太の悲鳴が響く。

「なんなんだあのくそガキ」

ろくでもないやつと呑んでしまったと肩を竦《すく》めて、店を出ると佳人は験《げん》直しに河岸《かし》を変えよ

うかと立ち止まった。

けれど最近、帰れるならなるべく早く帰ることが習慣になっている。

小さな一軒家の庭に出て、猫を探すために佳人は踵を返した。


絵コンテをよくよく読んだのでもう一度話したいと、一週間後に瀧川《たきがわ》から電話があった。

初めて瀧川の方から家の近くに来てくれると言われて、佳人《けいと》は戸惑いながら喫茶店を指定した。

「小洒落《こじゃれ》た喫茶店だな」

古いロッジ風の濃いコーヒーの香りが立ちこめる狭い店で、緑越しに差し込む陽光が気に入ったのか瀧川が笑う。

「俺が学生の頃にもう、この店始めて二十年過ぎたって言ってましたよ。マスターが」

カウンターの中にいる、コーヒーを選びにときには海外にも行くマスターは年老いて、跡継ぎも見かけないので佳人は密かにこの店の行く末を案じていた。

コーヒーも店も気に入っていて、マスターは無口だ。

この店の片隅で映画のことを考えて、佳人自身も十年以上を過ごした。

「学生時代からずっとここなのか？　江古田《えこだ》」

「いえ、四年前に一軒家探して移ってきました。大学がこの駅で、映画作りたい連中で集まるんで卒業後もよく来てたし。この店も、住んでないときも来ました。好きで」

「確かにいい店だ。そうか、四年前からなのか。一軒家だって、三笠《みかさ》から聞いたんだ。一人暮らしか」

近くに打ち合わせに来てくれただけでなく、こうしてプライベートな雑談に瀧川が時間を割くことも本当に珍しい。

「ええ、ここ地代が安いんで。普通の家ですけど当分は……」

どうしてその家に住んでいるのか理由を話しかけて、ふと暗い気持ちに胸を触られて佳人は口を噤《つぐ》んだ。

この間股間を鷲づかみにされて懲《こ》りたのか、孔太《こうた》は瀧川に付いては来たが、狭い店なりに一番離れた席に一人で座っていた。

「色々訊いてすまんな。本題だが、これはいい仕事だ」

不意に、瀧川が話を仕事に戻す。

いい仕事だと言われて、佳人はにわかに明るい気持ちになった。

「それで、孔太にやらせたい」

「え？」

「孔太に完全に任せたい」

「えー!?」

いつでもこの店の静けさを愛していたのは自分なのに、後先考えない大きな声が佳人の口から飛び出してしまう。

反射で叫んでしまったので少し慌てる孔太を見ると窓の外を見ていて、マスターは構わずカップを拭いていた。

「相変わらず若いのと仕事すんの嫌いだなあ、あんたは」

そこまでの反応は予想しなかったのか、瀧川が似合わない苦笑を見せる。

「自分が若い頃大バカだったもんで……」

「そろそろ下のもんに渡すことも始めろよ」

諭《さと》すように言われて、やさしさを見せるようになった瀧川がそれをとうに始めていると佳人はようやく知った。

「でも」

瀧川が還暦を前にそういう気持ちになっているにしても、自分にはまだ二作目だと理屈は様々喉元に上がるが、肝《きも》の据わった目をされてどれも言葉にはならない。

「でも、廃校一つ借りたんですよ。燃やしたくないんですか？」

自分の想像の景色の中を歩いたときに佳人は、その火を灯してくれるのは瀧川しかないと信じた。

映画を撮ったのは一度で、仕事をしたことがあるのも瀧川だけだが、他の操演《そうえん》チームが創った火は映像で死ぬほど見て来た。

その中で佳人は、どうしても瀧川の火が欲しかったのだ。

「そうだなあ。そういう情熱が大事だな」

溜息を吐《つ》いた瀧川は、執着の失せ始めている自分を残念に思っているようだった。

「大丈夫だ。もうすぐ丸六年、八月で七年目だぞ。ああ見えても」

「俺」

信頼しろと言われても、孔太だからではなくそれは佳人には飲み込めない話だ。

「親方に火、燃やして欲しいんです。誰でもいいわけじゃありません」

更地《さらち》にしたいという地方の廃校を燃やすのを、祐介が苦労して方々に許可を得るまで一年掛かった。更地にする期限が決まっているので、夏までにはそこで火を使って、きちんと後始末をすると約束している。

本当は他に誰か当てがあるわけでもなく、ここで瀧川の言葉に頷かなかったら映画自体が未完成に終わるとわかっていたが、それでも佳人は頷けなかった。

「まあ、そう言われたら俺だってやりたくなるさ。本当にいい仕事だと思った。こんな機会、なかなかねえよ」

「だったら！」

「だから、俺の目が黒いうちに孔太にやらせたいんだ。呑んでくれねえか」

強く真摯《しんし》に瀧川に言われて、佳人が黙り込む。

八年前と瀧川が違うのだと、それは二度会っただけで実感させられていることだった。まだ心が育つばかりに思えた佳人の八年と、瀧川の八年はどうやら全く違う。

だがその八年を慮《おもんぱか》れる経験が佳人にはない。

頭では瀧川の言っていることが理解できても、納得するのは無理だった。

「……ある程度呑んで貰ってから言おうと思ってたが」

どうしても頷けない佳人を知って、瀧川が溜息を吐く。

「あんたとこの仕事の期間、俺も時間は空けてある。どうしてもってあんたが言うなら、俺がやる」

そう告げられて佳人は、明るい顔になる自分を隠しようもなかった。

「そんなに喜ばないでくれ。頼む、孔太と仕事してみてから考えてくれよ」

全く瀧川の口に馴染《なじ》まない頼むという言葉を聞かされて、素直に喜んでしまったことを佳人が恥じる。

「なあ、手伝ってくれないか」

何をと瀧川は言わないのに、すんなりとその意味は佳人の中に落ちた。

「……わかりました。そこまでおっしゃるなら」

本当は嫌なのに、瀧川の願いを佳人には跳ね返せない。

「そうか。ありがとうな」

ようやく是《ぜ》と言った佳人に、瀧川が礼を言ったのも初めてだった。

複雑という一言では括《くく》れない思いがしてふと孔太を見ると、カウンターの中のマスターの姿が目に入ってくる。

話が聞こえていたのか、瀧川を見ているマスターが酷く羨ましそうな顔をしているように佳人には映った。

大変なことを手伝えと言われていると、不意に実感する。

正直、佳人はまだそんなことを手伝いたくはなかった。与えられる立場でいたい。こちらから誰かに与えられるものなど、まだ手にしてはいない。

「絵コンテはあいつも読み込んでる。俺は口出ししてねえから、後は孔太と話してくれ」

そのために瀧川はここまで来たのかと、今の佳人には溜息しか出なかった。

「それで、この仕事の間孔太をあんたのことに置いてくれないか」

「はあ!?」

突然素《す》っ頓狂《とんきょう》としか言いようのないことを頼まれて、もう一度佳人は大声をたてた。

「よく話し合え、火のことだ。やっちまったら取り返しはつかねえ。俺はあんたと一度仕事してるからあんたの想像を超えてやろうと思えるが、あいつはここからだ」

「だからって別に、そばに置かなくても。無茶言わないでくださいよ」

「いや、実のところあいつ今行くとこがなくてな」

毅然《きぜん》と断ろうとした佳人に、瀧川が少し戯《おど》けて弱い声を聞かせる。

「大宮に住んでるって聞きましたけど……」

「その家、同居人が引き払っちまったんだ。三日前とうとう追い出されて、うちに置いてたんだが間が悪いことに末娘が子ども産むって帰って来てな」

「二十五ですよね。アパートでもマンションでも借りたらいいじゃないですか」

瀧川と仕事したからだけではなく、たとえ助手でもその仕事の実入りがいいことを佳人は知っていた。火や火薬を扱う免許が必要な特殊技能だし、かなり危険な仕事だ。

「それなりの給料はやってるが、あいつ箱の部屋に住めねえって言うんだよ」

「箱？」

「マンションとか団地とか、集合住宅に住みたくないってな」

「なんでそんなわがまま言うんですか」

ごく当たり前に、佳人は呆れた。

「住めないわけじゃねえんだろうけど、俺も戻らせたくない」

戻らせたくないという言葉に、酷く深い瀧川の孔太への情けが滲《にじ》む。

だがその場所が何処《どこ》なのかを、瀧川は語らなかった。

「……それでうちの最寄り駅なんですか。もしかして今日からのつもりですか？」

無茶苦茶だと言いたかったが、思い出してみれば瀧川は無茶苦茶な人間だった。

海のイメージが湧いたと午前三時に叩き起こされて、そのまま太平洋の果てに連れて行かれたのが八年前だ。

眠い目を裂くような海の朝が、鮮烈に美しくて言葉は必要のない時間だった。

「あいつには荷物持たせてきた」

そのときの瀧川を懐かしく、頼もしく佳人は思い返した。

戻らせたくないという言葉は強く聞こえて、訳を聞く気持ちにはならない。

頼み事は理不尽だが、自分が断ると孔太が何処かに戻らないといけないのかと思うと、腹の立つ相手でもそうはさせたくなかった。

「全然、変わってないくせに。親方」

海に連れて行かれたときと同じに強引なのに何故《なぜ》と、尋ねたくなる。

けれど何か覚束無《おぼつかな》い若者を頼まれたら断れないのが当たり前の大人の感情だと初めて思い知って、寂しく佳人は笑った。

事情のある孔太を助ける手伝いは、無理に押しつけられても頷くしかない。

「言っておきますけど、試しですから。頭とか下げないでくださいよ。見たくないんで」

とりあえずの了承の代わりに笑って、佳人は肩を竦《すく》めた。


一つどうしても躊躇《ためら》うことがあったが、それは最後に瀧川《たきがわ》が言い置いたことによって佳人《けいと》にはどうでもいいこととなった。

おまえがこないだ言ってた、セクシャルってやつなんだが……。

ごまかして話したもののそこは瀧川も節穴《ふしあな》ではないようで、佳人の相手が本当に男だということはわかっていた。

いい女がいるんだ。上手くいかなくてヤケ起こしてるみてえだから。

「……なるほどね。自棄《やけ》だったたってわけか」

「何がですか」

瀧川と三人で江古田《えこだ》の居酒屋で食事をして背丈《せたけ》の高い男を連れて帰宅すると、当の男が玄関で佳人に訊いた。

「おまえが本当に腹立つって話だよ」

家に上がる前に佳人は、本当は庭に出たかった。

猫がまだ、見つからない。

「親方に頼まれたから部屋用意するけど、自分のことは自分でやれよ」

だがとりあえずこの大荷物をなんとかしなくてはと、冷たく孔太《こうた》を睨んで確かに一軒家ではある自宅に佳人は上がった。

リビングまで孔太を手招きして、さあどうしたものかと考え込む。

「とりあえずここで寝ろ、今日は。布団敷くから」

一階の、キッチンと繋がっているリビングを佳人は孔太に指し示した。

この家は和風とも洋風とも言えない、ごく普通の二階建ての家だった。

一階にバストイレ、キッチンとリビング、そして佳人が映画制作に使っている六畳の洋室。二階には佳人の寝室と、映像関連や本棚と服を詰め込んでほとんど物置と化している部屋があるだけだ。それでも一人で暮らすには広い。

「俺、何処《どこ》でもいいです。布団もなくても、寝られます」

だが突然嵩《かさ》のある男を一人長く置くとなると置き場所がないものだと、今日からという瀧川の無茶には佳人もまた溜息が出た。

「俺がやだよ。でかい図体の男がここで床に寝てたら」

和室は一つもないので、何処に布団を敷くとしても今あるマットレスよりましなのを買わないと駄目かと考えながら、佳人はキッチンに立った。

「座ってろ」

リビングは八畳で、二人がけのソファ一つとテーブル、かなり大きなテレビがある。

「このソファで寝られます」

「俺がいやだって言ってるだろ。ここにいるなら俺のルールに従って。俺は普通の男よりは多少潔癖な方だ。シーツのないところで寝て欲しくないし、おまえも自分の洗濯はまめにしろよ」

ソファを見ながら言った孔太に早くも小言を言って、やはりやっていけるわけがないと息を吐きながら佳人は湯を沸かした。

背の高い窓の外には、猫の額ほどの庭に樹木が生い茂っている。元々この家にあったもので、木蓮《もくれん》、百日紅《さるすべり》、金木犀《きんもくせい》と見事に季節の花を追うのが佳人にはおかしかった。

「おまえ、夏までこっちの仕事にかかり切りなわけじゃないよな?」

「はい。CMとか、あとレギュラーで子ども向けの特撮の仕事も入ってるので。全部親方の屋号でですが」

この間の無礼さと全く違って、敬語で丁寧に孔太が答える。

「……それ、親方現場にいないの?」

もう寝るだけなのにコーヒーというのもと思い直して、佳人はガスの火を止めた。

「いえ。まだいます」

まだと、孔太は言った。

孔太の方は、遠からずそのときが来ることをもう知っている。

突然だと佳人は思うが、自分に八年のブランクがあるせいだと何度でも気づき直した。

寂しいとか惜しいとか、そんな感情ではなかった。いつまでもそこにいてくれる。頼もうと思えばいつでも仕事ができると勝手に思い込んでいたと、愚かだった己が腹立たしくてやり切れない。

「特撮って毎週あるんじゃないの?」

「放送は毎週ですが、実際火や火薬を使う操演《そうえん》は最近少ないんで。向こうもそれは心得てて、あれば纏《まと》めてやる感じです」

「じゃあ、おまえも不規則か。仕事の時間」

お互いがそうだと何処にルールを作ったらいいのかと、冷蔵庫からビールを出して佳人はテーブルにグラスを二つ置いた。

「すみません、不規則です。明日は休みです」

「……俺も明日オフ。まあでも、鍵渡す。おまえの寝床はここの隣片付けるからしばらくこの部屋で我慢して」

少し距離を取って孔太の隣に座って、きれいにグラスにビールを注いでいっぱいになった泡が引いていくのを待ってまた注ぎ足す。

「……ちゃんとグラスに注ぐんですね」

「珍しいか？　缶から呑むやつの方が多いもんな」

ぼんやりとビールの泡を眺めている孔太が、ついこの間は大宮に住んでいると言ったのに、もうその家もないと佳人は思い出した。

瀧川の話だと、いい女にそこを引き払われたばかりだということになる。

「まあ、仲良くとはいかないだろうけど。なんとかやってこう」

ぼんやりして見えるのもこの間より随分おとなしいのもそれが理由だと思うと気の毒にはなって、佳人は自分からグラスを合わせた。

「ありがとうございます。すみません、突然今日からなんて。俺はいいって言ったんですけど」

「いいって、そんで今夜どうするつもりだったんだよ」

ビールを呑もうとしない孔太を、自分は口をつけながら佳人が肘で急《せ》く。

「漫喫とか」

「この間も漫喫か。慣れてんの？　そういうの」

「あんまり……現場仕事は車なんで、電車なくなるってことがないですから。この間までは必ず家に帰ってました」

家に、という言葉が随分重く聞こえて、孔太の横顔が佳人には沈んで見えた。

「呑めよ、呑んで寝ちまえ。ああでも、最低限のことは決めないとな。消耗品や光熱費のことは気にしなくていい。経費に入れろって親方に言われてるからこっちで概算する」

「はい」

「あと携帯番号交換しないと」

「はい」

「俺、家にいるときは自炊してるから。おまえもそのときにいるなら、手間じゃないからおまえの分も作る。その代わりいるのかいないのかは連絡しろ」

「はい」

淡々と返事をする孔太が聞いているとは思えなくて、明日紙に書いて渡そうと佳人があきらめる。

無言で孔太は、ビールを底まで呑んだ。

「世田谷区とか港区じゃないんだ……」

不意に、どうでもいいことを孔太が呟く。頭が回っていない証拠だ。

「悪かったな、練馬《ねりま》区で」

「いや、芸能人だからそういうとこ連れて行かれるのかと」

余程瀧川には従順なのか、孔太の方は言いつけられてその通りにしているだけのようだった。

「大学この辺だったんで、住みやすい。九時までは音大生の下手なピアノも聞こえるし、町並みも普通だ。おまえ出身何処」

「埼玉です」

教えられて、通勤圏内だと思ったが、実家があっても帰れるとは限らないとそれ以上は佳人も訊かない。

「へえ。俺も埼玉、北の方」

「俺もです。何処ですか？」

出身が同じだと教えたら、孔太がようやく何処にいるのか気づいたような顔をした。

「いわゆるベッドタウンで、新興住宅地と巨大団地が群れを成して何万人も通勤通学電車に乗る地獄のような町だったのですぐに実家出た」

「俺もです」

苦笑した佳人に、孔太は懐かしいものを見るような目を向ける。

「監督、新興住宅地ですよね」

「佳人でいいよ、孔太。しばらくうちいるんだろ？　おまえは団地か」

「当たり」

尋ねた佳人に、孔太が少し笑った。

「……団地の友達に似てるよ」

ふと遠くに気持ちを摑まれて懐かしいものを見るようにした佳人に、孔太はそれを悪くは取らないようだった。

「仲良かったんですね」

好意的な意味だと、伝わっている。

「そうだな。すごく仲良かった」

「今はつきあいないんですか」

「もういない」

呟いて佳人は、忘れることのない遠い塒《ねぐら》を思った。

いつでも思い出せるその場所が、瀧川が孔太を戻したくないと言った「箱」と不意に重なる。

「俺、人と暮らすの苦手なんだけど。まあ、いいか。いや良くないけど」

そうかと「箱」という言葉に納得して、佳人は話を変えた。

苦手でも追い出すわけにもいかないと、片付けなければならない隣の部屋の方を眺める。

「稼ぎはいいんだよな。操演」

一軒家にしても埼玉なら借りられるのではとふと気づいて、佳人は訊いた。

「結構……危険な仕事で人数少ないから。俺、金使わないんで貯金も多少あります」

「じゃあそのうち買うか借りるかするのか？」

そもそも大宮に住んでいたならと、肩を竦《すく》める。

「そうしたいですが。今借りても多分、すぐ引っ越すことになると思うんで」

「結婚でもするの」

「そうです」

真顔で答えた孔太に、「いい女がいる」と瀧川に言われていたものの、さすがに佳人もこの間のことが不可解に思えた。

「そら驚いた。なんでこないだつきあえっつったのおまえ、俺に」

「……すみません」

「俺が本気にしたらかわいそうだろ、おまえ男前だし。よそでもその気もないのにああいうこと言うなよ」

呆れたが今その結婚話が停滞中なのは明らかで、咎《とが》める佳人も曖昧になる。

「これ呑んだら、水回り説明するから。湯船に入ったら風呂は抜けよ」

「……女みたい」

「ああそうです。俺はそういうとこは地球の誰よりも細かいから、絶対にお風呂は抜いて」

女みたいと言われても怒る気にもなれない程孔太は子どもに見えて、適当に佳人が受け流す。

「はは」

何が可笑《おか》しかったのか、孔太が背を屈めて笑った。

背丈のせいで平均的な二十五歳よりは大人びて見える顔が、そんな風に笑うと本当に幼く見える。

「……少し前に、猫、いなくなっちゃって」

ふと、佳人は暗い窓の外にその猫の姿を探した。

「帰って来ないんですか？」

帰りを待ちながら毎夜探してもう一月《ひとつき》になるのに、問われて初めてこのことを人に話したと佳人が気づく。

「帰って来たら、中に入れてくれ。キジトラの、ばあちゃん猫だ」

大分歳だったとわかっていても、最後にその猫を見たときの痩せた後ろ姿を佳人は何度でも思い出した。

あきらめられない。

「猫の代わりに、にゃあって鳴いておとなしくしろ」

笑って缶に残っていたビールをそれぞれのグラスに注いで、一息に佳人は飲み干した。


孔太《こうた》が風呂を使っている間に、佳人《けいと》は部屋着のまま外で猫を呼んだ。

帰らないのかもしれないと思いながら、それでも外を歩いてしまう。

一月《ひとつき》経ったらそれは決まりごとのようになって、探しているのか何かのまじないなのか自分でもよくわからなくなっていた。

少し冷えた体で家に入って、二階の自室のベッドに入る。

恋人と同棲したことはあるが長く続いたことはなく、佳人は他人の気配が苦手だった。大きな理由があるわけではない。一人が楽なので人と暮らせる者の気持ちの方がわからない。

階下に他人がいると思うと寝付けずベッドでイーユン・リーの小説を読んでいると、階段を上がってくる足音が聞こえた。

「……孔太?」

時計を見ると午前一時近くで、疲れてとうに眠っているかと思っていた孔太の足音に戸惑う。

程なく、ベッドとサイドテーブル、小さな本棚しかない寝室のドアが叩かれた。

この間居酒屋でわけのわからないことを言われたが、いい女とやらで恐らくは今孔太は頭がいっぱいで、つきあえと言われた件について佳人はもう深くは考えていなかったがさすがに焦る。

もう一度、静かにドアが叩かれた。

「どうしたの」

無視しようかと迷ったがノックの音に一応の気遣いは感じて、用なのかも知れないと返事をする。

「入ってもいいですか」

ドアの外から問い掛けられて、佳人はとりあえず横たわっていた体を起こした。

「……どうぞ」

Tシャツにスウェットで髪は乱れているけれど、そんなことは気にならない。

「失礼します」

入って来た孔太も、似たような格好だった。

「なんかわかんないことでもあった」

水回りかガスかと、そういう期待を込めて佳人が尋ねる。

「はい」

頷いて孔太は、佳人のベッドに歩み寄った。

「座れば」

そのまま黙り込んでいる孔太に仕方なく、ベッドの端を佳人が示す。

「すみません」

頭を下げて孔太は、ベッドに腰掛けた。

考え込むように下を向いていたかと思ったら、ふと珍しそうに部屋を見ている。

「普通の部屋ですね。どの部屋も」

「ガウン着て天蓋《てんがい》付きのベッドで赤ワインぐるぐる回してると思った?」

「本当にそういう感じの俳優さんとか現場行くといたりするんで。俺はこういう部屋の方が好きです」

華美でもなくシンプル過ぎもせず、確かにここは誰かの実家のような普通の家で、それは佳人もこうしているのがただ落ちつくし普通のことだからだ。

「俺、俳優の自覚薄いしな。それでメシ食わせてもらってて、言えないけど」

言えないと思えるだけ大人になったが、この仕事を始めた頃は公《おおやけ》に口にも出したと佳人は苦笑した。

「映画監督が本業だってことですか？」

「映画監督志望だったんだよ、最初から。ここの近くの大学の映画学科監督コース在学中に、ＯＢの映画監督に頼まれて映画出て」

二年生のときだったと、何もできないのにやたらと嫌がっていた自分を思い出す。

「そのままなしくずしに役者もやってるし役者も好きだけど、俺、神経細いから役者だけやって生きてけない」

真顔で言った佳人を、物を問うように孔太はじっと見た。

「なんだその何言ってんだこいつみたいな顔は。俺は神経が細いんだよ」

「……親方言ってた。監督、なんでも自分で言うって」

顔に書いてある通りのことを思っていたのか、孔太が小さく笑う。

「ホント監督はやめてくれよ、家の中で。佳人。様を付けてもいいよ」

「じゃあ、佳人さんで」

「佳人さんがなんとなくやりたくて続けられる仕事でもないのよ、これが。本気でやってる同期はみんな必死で、俺そんなに技量ないなと最近気づいた」

「そうですか？」

それは本当に自分には判断がつかないという様子で、孔太は訊いた。

「サイコパスの連続猟奇殺人犯ね、俺のデビュー。そのＯＢが俺の顔見て書いたんだとその役。おまえも気をつけろよ、俺に殺されないように」

肩を竦《すく》めて、そんな顔だろうかと佳人が自分の頬を摩る。

「ゲイの売春夫」

ぎょっとした孔太に笑って、手元にまだあった本を佳人はサイドテーブルに置いた。

「惨殺されるヤクザの情夫。そしてまた人殺し」

今の仕事をして十二年になるというのにまともな役は一度もやっていないと、佳人が指を折る。

「俺がやってきた役そんなんばっか。ビマジョとかあだ名されてる三十一の男に、この先どんな役が来るって言うんだよ。犯されたり殺されたり殺したり、エキセントリックな役ばっかりで」

自分も疲れてきたが見ている方も飽きる頃だろうと、そんなに役者に執着がない分そこは佳人も冷静だった。

「ホームドラマのお父さんやサラリーマンなんか永遠にできない」

溜息を吐《つ》いた佳人に、反射で孔太が噴き出す。

「そんなに笑うなよ」

「だって全然似合わないよ」

想像したのか孔太は、笑いを止められなくなった。

「どっちも現実でやれないからな。だから」

笑うと笑ったと気づくほど表情が硬い孔太に、そんなに可笑《おか》しいなら放っておいてやろうと佳人が肩を竦める。

「役者としては、与えられる役を精一杯やりつつ。元々やりたかった映画監督に勤《いそ》しむのです。操演《そうえん》部分重要だから、気合い入れて」

「どんな部分でも気合いは入れます。火、扱う仕事なんで」

ようやく笑うのをやめて、きちんと孔太は言った。

その答えは意外にも、孔太にすんなりと当てはまるようにも思える。

まだ佳人には孔太はほとんどわからない人間だったが、瀧川があそこまで二十五歳の男を信頼しているということが後押しになっていた。

「わかんないことって何」

雑談をするために階段を上がってきたわけではないことは最初からわかっていたが、少し孔太とまともに話せて良かったと佳人は思った。

「あの……眠れなくて、俺」

「キッチンの戸棚にウイスキーあるよ」

「そうじゃなくて。考えごとが」

肩を落として、孔太が言い澱《よど》む。

「俺、そんなに粗末ですか?」

問い掛けられて、なんの話だか気づくのに佳人は時間が掛かった。

だが気づいたらそれは、どう答えたらいいのかわからない状況だ。ここは人の目のある居酒屋ではない。

「割とデカイんじゃないの? 自覚あるだろ」

「あります。でも、この半年くらい彼女に拒まれて。もう寝たくないって」

そこに話が繋がるのかと、午前一時を過ぎた時計を見て佳人は溜息を吐いた。

「プロポーズしたんです。その少し前に。返事がなくて、でもセックス拒まれ続けて。別れたいって言い出して。大宮の家、彼女の名義で彼女の親戚から借りてたんで引き払うって。嘘だろって思ったら本当に……」

その話ができる相手もいないのかもしれない孔太は、現状を一息に佳人に訴える。

「セックスレスから始まったなって思って」

「何年つきあってたの」

恋愛相談など聞いてやるような性分ではなかったが、股間を摑んで粗末だと言ったことが相当堪《こた》えているのはわかったので責任だと思って佳人は尋ねた。

「十年です。中三のときからの彼女で」

「長いな」

二十五歳で十年と言われて、それには佳人も驚いた。

「最初にやっちゃったのも、十五のときだったんだけど。彼女、最初から気持ち良さそうだったのに」

十五と聞かされて、自分にはかなり向きの悪い話だと聞くのをやめたくなる。

十五歳の話は、佳人には鬼門だった。一番帰りたくないのに、いつでも帰る時間だ。

あからさまに時計を見てみたが、孔太の視界は狭くなっているようだった。

「そんでフラれてヤケで男だったの？　こないだ」

落ち込んでいることはよくわかったが、行動からして孔太の方に問題があるのだろうとは思って、佳人も助言など見つからない。

「……そうじゃなくて。拗《こじ》れて、今男と付き合ってるって彼女に言っちゃって。なら会わせてよって言われたんで」

「どう拗れたらそうなんの」

「別に欲しいわけでもないのに、子ども欲しいから結婚しようってプロポーズしたらそれがなんか地雷だったみたいで。そう言ったら喜ぶと思っただけなんです。本当は別に欲しいわけじゃないいよ、違う絶対欲しいはずだって喧嘩になって。それで」

なるほど随分短絡的だと、呆れるばかりの孔太の話に佳人はどうしたら眠ってくれるのだろうと考え始めた。

「彼女いくつ?」

「中学の同級生なんで、二十五です」

「あー」

思わず漏れた声に、孔太が不安そうに顔を上げる。

「何があーなんですか」

「女の方が早いからね」

「何が」

「なんでもだよ」

こんな言い方で孔太に察する力がないのはもうわかったが、佳人も事細かに説いてやる義理もない。

会ったこともない女だが女の方が割り切りも決別も早いのだろうと、最早結論の出た話なのではないかと思ったが、憶測でしかないことを口に出すつもりはなかった。

「彼女のこと全然知らないから、俺その相談には乗れません」

いつの間にか聞いてやってしまっていたと、話を切る。

佳人は十五歳が嫌いだ。

「だけど、佳人さんが粗末だって言うから。それでかって考え始めちゃって」

「バカなのかおまえは。男の男根信仰ってホント病気だよな」

「佳人さんも男だろ」

忌憚《きたん》のないことを言った佳人にさすがに腹立たしげに、孔太は顔を顰《しか》めた。

「……なら、そっちの一般論だけ言うけど。セックスの話ね」

それも気が進まないと髪を掻《か》いて、佳人が息を吐く。

「デカイやつは下手なやつが多いんだよ。それだけで気持ちいいと思い込んでガンガンいくんだろ？　いてーんだっつうの」

「彼女はちゃんと、気持ちいいって言ってた。ずっと。そう見えたよ」

むきになって孔太は言い返した。

「女の体のことはわかんないけど。女の気持ちいいなんて言葉、安易に信じるなよ。十五だろうが二十五だろうが。女は嘘も演技も男より上等だ」

「佳人さん、男と寝るとき同じことしてるんだろ。女と」

「だから何」

酷く傷ついた目で睨まれて、佳人も腰の据わりが悪くなる。

「そういうこと、言わないでよ。信じそうになる」

「彼女も嘘吐いてたんじゃないかって？　おまえがデカイだけで全然よくなかったのに、十五から十年も嘘を？　そりゃ大変だな」

本当に信じそうになっている孔太に、あっさり自分の言い分を聞くなと佳人は言ったつもりだった。

「……俺はちゃんと、大事にしてた」

「そんなに思い詰めないでくれる？　俺の一般論より自分の記憶を信じろよ。突然おまえの話を一方的にすんなっつうの。ほとんど他人だっていうのに」

下に戻ってくれと続けようとした佳人の腕を、突然孔太が強く摑む。

体を倒されて孔太に上に乗られて、動揺しないのは無理だった。

「……なんだよ」

「試してみてよ、俺と」

この間と同じふざけているとは思えない声で、孔太から懇願《こんがん》される。

「まだ一哉《かずや》さんの話してんのか」

「そうじゃなくて」

首を振って孔太は、得手ではないのだろう言葉を探していた。

「彼女にしてたようにするから、気持ちいいのか……我慢してるだけなのか教えてよ」

「なんで俺がそんな面倒までみなきゃなんないんだよ！」

力で佳人は孔太の肩を押し返そうとしたが、体格が違うので敵わない。

「誰にも聞けないし、彼女は嘘吐くかもしれないいんだろ？」

「言い過ぎたよ。嘘で十年はつきあえないだろ。悪かった」

早く寝かせようと急いたのが完全に裏目に出たと、もう謝ることしか思いつかず佳人は声を落ちつかせた。

「……頼むよ」

肩のところに額を当てて、孔太の声は必死だ。

泣いているようにも、その声は聞こえた。

「俺、今日どんだけ頼み事されるんだよ」

「不安なんだ。彼女のこと全然わからない。十年も一緒にいたのに、突然俺と寝たくない。突然俺といたくないって」

どうしてと呟く孔太は、全てであったのだろう女に否定されて疲弊《ひへい》しきっている。

だが佳人は、その疲弊に拍車を掛けたのが自分だとしても、孔太に同情する気にはなれなかった。

「どうしても彼女とより戻して結婚するつもりなんだろ？　他の人とセックスして悪いと思わ

ないの。もしかして男ならノーカンだと思ってんのか?」

尋ねるとそこに考えが及んでいない上に、佳人の言った通り男相手を浮気と考えなかったようで孔太は答えられないでいる。

「彼女やだと思うけど。より戻ったとき、離れてる間おまえが男と寝てたら」

当たり前のことを教えると黙り込んだが、孔太は佳人の上から退《ど》かなかった。

「でもう」

何か理由を言いながら、孔太がただ人の肌を放せなくなっているのもわかる。

「半年だよ。十年当たり前みたいにしてたのに」

声がそんな風に自分を寂しくさせた彼女を責めていて、佳人は苛立った。

最初から孔太が求めているものは、「そうじゃない。大丈夫」という言葉だけだ。どうして拒まれたのかと嘆きながら、本当には理由を探していない。

自分が別れた女に何をして決別されたのかを、結局は考えていないのだと佳人の胸には腹立たしさとともに悲しさが呼ばれた。

こんなにも愚かでは、恋は相手も孔太も幸せにはしないだろう。

その愚かさを、佳人はよく覚えている。自分も確かに持っていた。持っていてその愚かさが今でも心から憎い。

強く、佳人は孔太の肩を押して顔を覗いた。

「必ず俺の言うこと聞くなら、いいよ。試してやる」

「何」

言い放った佳人に、孔太の方が怯む。

「俺がやめろって言ったとこで絶対にやめろ。無理矢理やったら後で本当に殺すぞ」

人差し指を目の前に立てた佳人に、孔太は息を呑んだ。

「わかった」

「じゃあやめろと言うまで好きにしろ。おまえなんか勘違いしてるみたいだけど、俺スポーツみたいなセックスしないよ」

「そんなこと……」

思っていないと言い掛けて、孔太は自分が佳人をそういう者だと思っていることには気づいたようだった。

「ゲイなら頼めば誰でもやらしてもらえると思ってんだったら、その考えは今すぐ改めて。セフレとかも作ったこともないから、俺は」

「……ごめん」

しおらしく言って、孔太が佳人の頬に触れる。

「だけどやめないのね、おまえは。呆れた男だなー」

「ごめん」

もう一度謝ったけれど、やはり孔太はやめようとはしなかった。

「女と同じでいいの」

多少は躊躇《ためら》いながら肌を撫でて、孔太が尋ねる。

「濡れないよ」

「なんかないの」

何処《どこ》まで求めるんだと言いたかったが時間の無駄だと、佳人はサイドテーブルの引き出しからローションを取って孔太に投げた。

「はいどうぞ」

別れた男と使った残りだが、孔太にそんなことを気にしてやる理由はない。

「キス飛ばしてくれる?」

髪を撫でられて、佳人は孔太の顎を抑えた。

「親方のとこで観た時代劇に出てきた。そういうの」

「ええ、女郎ですから。口は吸わないでくださいな」

戯《おど》けた佳人に溜息を吐いて、孔太が丁寧にこめかみから耳に唇を這わせる。指先は佳人の肌を辿って、自分のTシャツを脱ぐと孔太は佳人も裸にした。

「……あんまり、男の肌って感じしない」

「そう」

「俺とは違う」

常に他人に見られる仕事なので、野外で働く孔太と同じでも困ると思いながら、それは佳人にはどうでもいいことだ。

だが孔太は佳人が自分と違うことで、男だという抵抗感が薄らいだのか人肌に溺れ始めたようだった。

彼女には半年前から拒まれているとさっき言っていた。浮気もせずただ落ち込んでいたなら、二十五歳の男には他人の肌が恋しくなるには充分な時間かもしれないと、佳人は好意からではなく背中を抱いた。

それが余計に拍車を掛けたのか、孔太の舌が熱くなって佳人の鎖骨を這う。撫でていた胸に舌は降りて、女にするように孔太はそこを吸った。

髪に佳人が指を絡めると孔太の息が、また上がる。

「ん……」

鼻に掛かった声を、佳人は聞かせた。

その声を聞いて顔を上げて、孔太が佳人を見る。

「声も、俺とは違う」

当たり前だと佳人は言い掛けて、言わずにそのまま孔太の好きにさせた。

「あ……、……っ」

掠《かす》れた声に孔太は、肌の熱を上げてローションを取った。加減がわからないのか掌《てのひら》に大量に出して、指を濡らす。

「指、入れていい？」

「抵抗ないの、おまえ」

「だって濡らさないと」

濡らした指を浮かせている孔太に、佳人は本当は心からいやだったが頷いた。

「……なら、そっとな」

逸《はや》らないように、孔太の腕に触れる。

「ここ？」

「そうだよ」

下肢に添えられた孔太の指が、ゆっくりと佳人の中に入ってきた。

怖《お》ず怖《お》ずとしているのは孔太の指の方で、佳人は一瞬顔を顰めたが、無理をして体を緩めた。

「んあ……、あ……っ」

「……何処？」

「や……、あ……っ」

声をもっと掠れさせると、孔太の指が理性を失って蠢《うごめ》く。

濡れた声で濡れたまなざしを向けると、孔太はくちづけようとしてから自分で言いつけを思い出したのか留まった。

佳人の目を見てまなじりにくちづけて、孔太は肌を解《ほぐ》すのに必死になっている。熱く昂《たか》ぶった孔太のそれが、先を急いで佳人の腰に当たった。

「あぁっ、あ……っ」

一際激しく指を蠢かされて、唇の端を佳人が濡らす。

「こう、た」

耳元で乞うように、佳人は名前を呼んでやった。

息を呑んで孔太が、指を抜き去る。存分に昂ぶって濡れた自分のものを、そのまま佳人のそこにあてがおうとした。

「ストップ」

掌で佳人は、孔太の肩を押し返して止めた。

「……え？」

もう入れようとしていた孔太が、全く意味を理解せずに肩で大きく息を繰り返す。

「コンドームもつけないで何すんだおまえ」

「妊娠しないからいいのかと思って……コンドーム何処」

「やんないよ。ここで終わり」

孔太の下から這い出て体を起こした佳人を、呆然と孔太は見た。

「演技だよ」

立てた片膝を抱えながら明かしても、孔太は俄《にわか》には信じられずにいる。

「落ちついて触ってみろ。汗もかいてないし体温も上がってないよ、俺は」

投げかけると孔太は、眉間に皺《しわ》を寄せて掌で佳人の心臓の上に触れた。

「おまえと違って」

その手の熱さと孔太の顔に映る絶望に、佳人も溜息が出る。

「信じたの？　おまえのこと多少でも好きならともかく、そんな自分本位なことされて気持ちいいわけないだろ。自分が入れたいだけだろが。入れるための前戯《ぜんぎ》によがれって言われたら演技するしかないよ」

試してくれと言われて、嫌悪を感じながら肌の中まで触らせたのだから、正直に言ってやるのが筋だろうと率直に佳人は伝えた。

「おまえの彼女が本気で気持ち良かったんなら、それはおまえのことが好きだったからじゃないの？　どヘタクソとまでは言わないけど、どっかで見た教本みたいにされたって白けるだけだ」

何度そこに戻ってもその女のことは顔も名前も何もわからないので、推測で言うのは佳人には躊躇われる。

「まあ、どんな男相手でも感じる女もいるだろうし。色々だろうからわかんないけど」

「そんな女じゃないよ！」

セックスのことに於《お》いて言うのならと続けた佳人に、孔太は酷く腹を立てた。

「だからフラれたんじゃないの。そしたら」

「十年も付き合ってたのに。ホントわけわかんないよ」

髪を掻《か》き毟《むし》って孔太が頭を抱える。

「十五なんておまえ」

その十年という数字にしがみつく孔太はいとけなく見えたが、佳人はそういう者が得意ではなかった。

「人間前だろ。人生の伴侶《はんりょ》選べる歳じゃないよ」

十五歳のときのことは、佳人自身どんなことがあったときよりもよく覚えている。

「……っ……」

唇を嚙み締めて、孔太は泣いた。

「泣くなよ……」

裸で泣いている姿がさすがに憐れになって髪に触れてやると、そのまま孔太が佳人にしがみつく。

「泣いてんのにたってんじゃねーよ」

散々な気持ちだろうに萎《な》えないことには呆れて、佳人は孔太の頭をはたいた。

「だって……久しぶりに人に触ったし。佳人さん声、色っぽいし。目茶苦茶酷いこと言われたのに、入れていいなら入れたい」

「殺すって言っただろ。本当に殺すぞ」

「いいよ。もう死にたい」

死にたいという孔太の言葉は定型だが、あまりにも幼く憐れに響く。

随分なことを言ったのに、人恋しさの方が収まらない孔太はいくらなんでも佳人にもかわいそうに思えた。

肩にいる孔太はまだ泣いていて、仕方なく佳人が指をそれに伸ばす。

「……佳人さん?」

「男はどうしようもないな。抜いてやるよ」

「マジで?」

でもとかいいよとかはないのかと、もう笑いが出たが佳人は孔太のものをゆっくりと扱《しご》いてやった。

「俺、言っとくけどこういうことしないから。本当に」

おまえが憐れすぎて特別だと佳人は言いたかったが、孔太の指が続きを求めてくる。

「……ったく」

体の大きな子どもだと、佳人の口から溜息が零《こぼ》れた。

「……っ……」

自分で触るのと人に触られるのとでどれだけ感覚が違うのかは、佳人もよくわかっている。

相手が誰なのかに大きく関わることも。

「……佳人さん」

縋《すが》り付かれて耳元で熱い吐息とともに名前を呼ばれて、佳人も一ミリも肌が動かないのかと言われればそうではない。

だがそれは生理的なものだ。

「キスしちゃ……駄目？　キスもずっとしてない」

「ダメ」

焦がれる声に乞われてもそれは拒んで、早く終わらせようと佳人は、そんなことはしたくなかったが孔太の先走りに指をよく濡らした。

「……彼女より上手いよ……」

「そりゃおまえ」

息を上げて孔太が射精感に耐えているのに、佳人がティッシュの行方を捜す。

「俺にもついてるからなこれ。……いきそうなら、自分でティッシュ取りな。孔太」

囁いてやりながら手を伸ばして箱だけ引き寄せて、孔太の手元に置いた。

「佳人……さん……っ」

名前を呼んで昂ぶる肌は驚くほど熱く、これが本当の温度差というやつだと佳人は孔太が悲しくなった。


カーテンから入り込む昼近くの日差しに、佳人《けいと》はゆっくりと目を覚ました。五月の陽は心地良い。

けれど何かが重くて起き上がれないと思ったら、半裸の孔太《こうた》の腕が肩に乗っていて佳人も裸にタオルケットという有り様だった。

「……ったく。子どもみたいに泣きやがって」

最後まで始末してやったがしがみついて離れないので、落ちつくのを待とうと思っていたら自分も眠ってしまったのだと思い出して、そのことに佳人は驚いた。

「ほとんど他人の隣で裸で眠るなんて、正気の沙汰じゃないよ。こっちも人肌ちょっと久しぶりだったからかな、駄目だろそういうの……」

ベッド周りを片づけなくてはと乱暴に佳人はしっかりした腕を退けたが、うつぶせの孔太はぐっすり眠って起きる気配がない。

「随分眠れてなかったみたいな顔」

顔色が悪いことも孔太には似合わなかったが、疲労だけでなく憔悴《しょうすい》が頬に強く映っていた。

「完全に言い過ぎたしやり過ぎた……十年つきあって結婚までしようとした女に突然ふられたのにな。悪かったよ」

十五歳という数字が明らかに自分の苛立《いらだ》ちを酷く掻《か》いて、大人げのないことをしたと佳人は悔いた。

「もう少し寝てな」

言い置いてそっとベッドから降りて、着替えを取る。

一度シャワーを浴びようと、裸のまま佳人は階段を降りた。


身支度を整えて孔太《こうた》が眠らなかったリビングの布団を片付け、キッチンに立ったところを見澄ましたようにインターフォンが鳴る。

嫌な予感しかせずに、佳人《けいと》は受話器を取った。

「……はい。なんか、そうだと思ったよ。今開ける」

懐かしいというほどは久しぶりでもない男の声を聞いて、玄関に向かう。

「いつ来ても練馬区《ねりま》だね」

特に厳重な鍵もついていない普通のドアを開けると、会うのは一月《ひとつき》ぶりになる別れた男が肩を竦《すく》めて立っていた。

「港区には練馬から大江戸線に乗ってって。どうしたの、急に」

不機嫌な顔は見せずに、それでも佳人が溜息を吐《つ》く。

「電話、出ないでしょ？　俺、メール苦手だし」

おまえほど背は高くないと孔太に言ったのはあの場の適当な言葉だったと、上背《うわぜい》もある萩原《はぎわら》一哉《かずや》が笑うのに佳人もまた肩を竦めた。

孔太との大きな違いは、一哉の黒髪は短く切られていることだ。

「道行く人が見ちゃうから、中入って」

白いVネックのTシャツにシンプルな黒のジャケットだが、そういう仕事を長年しているだけのことはあって人目を引いてしまう一哉を仕方なく佳人は中に招いた。

「出られないときに出ないだけで、無視してるわけじゃないよ。電話」

スリッパを出してやって、自分は適当な部屋着のままで佳人はリビングに歩いた。

「リターンがないから悲しくなる」

「俺からは用がないからさ」

勝手知ったるリビングに入って、そんなに悲しそうにも聞こえない声を一哉が落とす。

「酷《ひど》いね」

「別れたのにずるずるするの嫌いなんだよ」

キッチンに腰を預けて、佳人は一哉にソファをすすめなかった。

昨日一日で大分見慣れたせいで、もう一哉と孔太は全く似ているように思えない。

年齢が十離れていることもあるが、声も一哉の方が低いし、孔太の顔には一哉の持つ柔和さなどまるでなく鋭利だった。

「それに、また写真撮られたらどうすんの」

寂しそうに一哉が黙ってしまって、佳人が咎《とが》める声を緩める。

「写真撮られたからもういいじゃない。お互いわざわざカミングアウトすることもないし、よりを戻そうよ」

「そういう話しに来たなら帰ってよー」

「この歳になると新しい相手とデートから始めるなんてもう無理」

「一哉さんまだ若いよ」

二階の孔太が起きて来たら大変面倒なことになるのではないかと、佳人は天井を気にした。

「五年もつきあったのに理由も言わずに別れてはないよ、佳人」

いつでもふざけているような一哉の声が、不意に佳人を強く責める。

座れと言わない佳人の意図はわかっていて、一哉はソファの横に立ったままでいた。

そう言われると佳人も強くは出られず、腕を組んで俯《うつむ》く。

歩み寄られたと気づいて慌てて顔を上げると、佳人は既に一哉に頬を抱かれていた。

「理由、せめて言ってくれよ。直せることなら直す」

「……一哉さん」

触らないでと喉まで出掛かって佳人が言葉を堪えていると、本当に間の悪いことに階段を駆け下りる音が聞こえて孔太が上半身裸でリビングに飛び込んで来た。

「ごめん、俺佳人さんのベッドで寝ちゃって……っ」

ベッドから追い出したと思い込んだのか、孔太は酷く慌てていて来客になどもちろん気づかず入って来たのだろう。

「……すみません、人がいるの気づかなくて」

充分驚いた一哉は、しばらく無言でそう謝った孔太の顔を見ていた。

「そんなに俺の顔が好きなら、レプリカと付き合わなくても全然より戻すけど。未練タラタラなのはこっちの方だ」

自分で見ても孔太が似た顔だと自覚したのか、呆れたように一哉が佳人を見る。

「……若い男に乗り換えたくて」

この際孔太を理由にしようかと言い掛けて、けれど呆然と立っている孔太と酷く不服そうな一哉を見たらとてもそんな嘘を吐く気にはなれなかった。

「子ども大嫌いでしょ?」

五年恋人として過ごしたので、一哉も佳人のことはよく知っている。

「まあね。これは、なんていうか」

するりと一哉の腕から逃げて佳人は、孔太がどうしたらいいのかわからずに握っているTシャツを摑んだ。

「預かってる親戚の子どもみたいなもん。一哉さんと顔が似てるのはたまたまだよ。それに見慣れたらそんなに似てない」

Tシャツを孔太の胸に押しつけて、着ろと目で言いつける。

命じられるままおとなしく、孔太はTシャツを着た。

「こいつのことも全然好きじゃない」

乗り換えたのは嘘だと、佳人が一哉に教える。

「ごめん。一哉さんのことももう」

「どうして?」

最後までは言わせずに、一哉の口調が似合わずに怒った。

「俺、何度も訊いたよ。五年、俺たち仲良くやってたつもりだった。ほんの一月前まで」

似合わずにと思うのは自分の勝手で、一哉がやさしかったのは恋人である自分へだと佳人が思い出す。

「それが突然、初めて入ったバーで別れてって。理由も聞かされないまま、本当に佳人はもう俺に触られても他人みたいな顔をする」

五年前に仕事で一緒になってつきあい始めて、一哉は歳上の恋人として充分過ぎるほど佳人を甘やかしてくれた。

「俺、何した？　佳人」

一哉が振る舞ってくれたやさしさに、迷わず佳人も寄り添ってきた。

「理由なら今言ったよ」

けれどもう、寄り添う気持ちはなくなってしまった。

「もう愛してない。だから触られたくない。恋人ではいられない。一哉さんしたいみたいだから、二人では会えない」

「なんでそんな酷い言い方するんだよ！」

突然、場外から声を上げたのは中途半端にTシャツを着た孔太だった。

「触られたくないとか……五年もつきあって、あんまりだろ！　せめて理由くらいちゃんと言ってやれよ‼」

酷く腹立たしげに悲しげに、孔太が佳人の腕を強く摑む。

困ったように孔太を見て、一哉はきれいに切られた髪を掻《か》いて笑った。

「なんか、帰るわ俺」

「そうね。そうして」

若い男に同情されてすっかり興が殺《そ》がれた一哉の気持ちの方がよくわかって、それは孔太に感謝して佳人も戯《おど》けて苦笑する。

「俺、恋愛に関してはあきらめいい方なんだけど。ホント言うと相手にも困ってない」

肩を竦《すく》めて一哉は、孔太に笑って廊下に出た。

「でもおまえのことは無理なんだよ。佳人」

玄関でさっさと靴を履いて、「また」と言い残すと一哉は佳人の顔を見てから出て行った。

「……だからって友達になれるわけじゃないし」

独りごちてリビングに佳人が戻ると、Tシャツの腹が捲《めく》れたまま孔太が唇を噛んでいる。

「自分のことと、なんでも一緒にしてるんじゃないよ」

助かったが呆れもして、佳人はそのTシャツを直してやった。

「コーヒー飲む?」

「なんであの人と別れたんだよ」

キッチンに立った佳人に、さっきまでと同じ勢いで孔太が尋ねる。

「今はっきり言った。好きじゃなくなったから」

一哉のおかげで昨日の続きかと、ケトルに水をいれながら佳人は答えた。

「なんで?」

「理由なんかないよ。好きじゃなくなったら、一緒にはいられても俺は寝る気にはなれない。彼はやりたい。だから別れた」

火にケトルを掛けて、立ったままの孔太を佳人が振り返る。

「単純明快」

何が不思議だと、佳人は眉を上げた。

「理由くらいくれよ」

「恋愛感情ってそんなもんじゃなくない?」

「恋人と別れるなら理由くらいなくてもちゃんと作れよ!」

理不尽だという自覚もないのだろう孔太が、闇雲に声を荒らげる。

「俺は、好きじゃなくなったらもう絶対につきあいたくないんだ! 死んでも寝たくない‼」

なんとか抑えようとしていたのに一哉の到来と孔太の癇癪《かんしゃく》で、佳人の方も限界を迎えた。

「そう決めてる。本当は昨日おまえに触らせたことだって後悔してる。嫌だった」

大きく投げつけた声に孔太が泣きそうな顔をしているのが見えて、息を吐いて気持ちを逃がす。

「それに、あなたのこういうところが駄目でこういうところが許せないって」

こんな子どもに怒鳴るなんてどうかしていると、佳人はなるべく声を小さくした。

「まだ恋してる相手に言われて立ち直れんの。そっちの方がキツイだろ」

「理由があれば直すよ。あの人もそう思ってんじゃないの」

「愛せなくなったときにはもう直しても遅いし」

どんなに声を落としても結局孔太を傷つけることに変わりはないと、それは佳人の本意ではない。問いかけや投げかけに答えているだけだ。

「何度か機会はあったはずだよ」

必死で孔太は、佳人の言葉を聞いていた。

「直して」

佳人の言葉に何か自分の恋人を取り戻す鍵があるはずだと、状況を重ねて手掛かりを探している。

「助けて」

静かに言った佳人の声の先を、孔太は見ていた。

「そういうシグナル見落としてたんじゃないのか」

「……佳人さんはあの人になんか信号出したの。何か助けて欲しかったのかよ」

問い掛けられて、それはもう随分遠い感情だと佳人は初めて気づいた。

「いや」

もう愛していないと思ったのは一月前だが、随分前からシグナルを出すことさえしなくなって、愛情はいつの間にか消えてしまっていたのだと知る。

「そうだな。それは俺が悪いけど」

湯が沸き始めて、佳人は火を気にした。

「あの人からもう何も欲しいものがなくなった。知恵も、知識も、考えも」

湯気が立って視界を揺らがせて、確かに昔はあった一哉への愛情が見失われる。

「愛も」

愛したきっかけはなんだっただろうと、過去を佳人は辿っていた。

「彼からはいらない。欲しくなくなった」

「勝手過ぎるよ！」

その言葉が今の孔太を嬲《なぶ》るのは当たり前のことだ。

「勝手だよ。でも、そのまま無理してでも一緒にいて欲しいか？」

問い掛けると孔太は黙ってしまって、立っている力がなくなったというようにソファに座った。

もう言葉を返さない孔太を、こんなにも傷つけるのは自分の役割じゃないはずだと、佳人も気持ちが塞《ふさ》ぐ。

たった今別れた恋人を傷つけたばかりなのにと肩を落として、佳人はいつもよりずっと丁寧にコーヒーをいれた。

昨日瀧川《たきがわ》と話した喫茶店で、長いこと豆を分けて貰っている。マスターがブレンドした深煎《ふかい》りの豆が好きで、いつからなのかわからないくらい前から佳人は、このコーヒーをゆっくりいれてその間に気持ちを落ち着けたり和らげたりするのが習慣になっていた。無心になれる。

このコーヒー豆でなければきっと同じように心は凪《な》がないだろうとはわかっていて、昨日瀧川の話を聞いていたマスターの、羨望《せんぼう》に似たまなざしを暗い気持ちで思い出した。

「……飲みな」

あの店がなくなったら、預かったばかりの子どもをすっかり傷つけてしまったのに、こうして声を掛けることもできなくなるかもしれないと佳人は不安になった。

手をつけない孔太の隣に腰を下ろして、佳人もコーヒーが熱いのでただ待つ。

「俺のことも全然好きじゃないって言った。なんで隣にいられるんだよ」

棘《とげ》のある声で問われて、置きたくて置いているわけではないと思ったが、これ以上孔太を追い詰めるつもりはなかった。

「猫がいなくなったって言っただろ。本当にいなくなったんだよ。代わりにおまえを置いてる」

日が暮れたらまた探そうと、窓の方を佳人が振り返る。

「……昨日の夜、二階に上がる前に外探してたな」

少しはましな答えをくれてやったつもりだったが、孔太が余計に沈み込んだ。

「おまえも俺が好きなわけじゃないだろう？　そんな顔をするなよ」

なんなら嫌いなはずだと、佳人はコーヒーに手を伸ばした。

「好きなわけじゃない」

けれどその手を孔太があまりにもじっと見るので、取っ手を持つ指が止まってしまう。

「でも佳人さんの言うことが辛い」

責めるのではなく、孔太は酷く弱った。

まっすぐ言われたらそれだけのことを言ったししたと佳人にも自覚はあって、コーヒーを持とうとした指で下りて来た髪を掻き上げる。

「ごめん。きつ過ぎるな、俺。昨日のこと反省したのに」

俯いている孔太を見て、佳人はとうとう謝った。

「少しでもなんかしたやつには、好きじゃなかったらやさしくしないことにしてるんだ。でも酷かったよ。ホントごめんな」

中途半端に浮いている佳人の指を、謝罪に驚いて孔太が見つめている。

その指が己に触ってくれるのを孔太はじっと待っているようだったが、来ないのにあきらめて自分から佳人の肩にほんの少しだけ頭を寄せた。

「でも昨日……佳人さんの隣、俺は気持ち良かった」

さっきまであんなに佳人に腹を立てていたのに、孔太の声が甘えて縋《すが》る。

どう考えても孔太は、女に捨てられてから不安定だ。その感情の大きな揺れはむしろ、当たり前のように佳人には映った。

自分や、ことを荒立てない一哉も、別段安定しているわけではない。経験からそこを省くことを覚えただけだ。

「おまえはその場の雰囲気でうっかり女を孕《はら》ませる男だな……」

人肌をやたらと恋しがる孔太を今は跳ね返さずに、黙って体温を分けてやる。

「抜いてくれたから、それで俺にやさしくしないの」

理由を、ぼんやりと孔太は求めた。

だったら何故してくれたのだとは、孔太も問いたいところだろう。

少し肌の重なっている場所が、いつの間にか同じ体温になっている。

そんなに不快ではないと、佳人は溜息を吐いた。

「射精する瞬間、何考えてる?」

それでももう押し返そうかと何度か思ったけれど、不思議とそうすることができない。

「え?」

当然の驚きが、孔太から返った。

「何も」

「だよな」

素直に言った孔太に、佳人は笑った。

どんな人間かもわからなかった孔太だけれど、そんなに嫌いではないと不意に気づく。年齢の分だけそれ相応に愚かしいけれど、孔太はシンプルな男だ。

必要以上のことを考えず、思ったままを口にする。

その孔太の思ったままが、佳人は多分嫌いではなかった。

「女はずっと考えてるんじゃないのかな。なんで男にいれられて気持ちがいいのか」

独り言のように、佳人が零《こぼ》してしまう。

「それは、女と同じことされるから考えるの？」

露骨に孔太が想像したのがわかって、肩にいる黒い頭を苦笑して佳人は掌《てのひら》ではたいた。

「痛い」

「そんなに強く叩いてない」

叩いたのに孔太がそこを退《の》こうとせず、佳人は一哉や孔太と言い合った疲れが塊《かたまり》のように襲ってきてソファに深くもたれた。

「俺はずっとセックスのことを考えてる。おまえの百万倍くらい考えてる。十五のときから」

「……なんで？」

「おまえは考えないの？」

体軀《たいく》に見合わない子どものような声を聞かされて、佳人が問い返す。

「彼女に拒まれてから考えるようになったよ」

「考える機会があって良かったじゃない」

「こんなに考えたくない」

元から疲弊《ひへい》している孔太は、まだ佳人の体温を求めて無意識に寄り掛かっていた。

「俺は、本当に好きな人としか気持ち良くないってのは幻想なんじゃないかと思う」

「え……昨日と話が全然違うよ、それ」

心底吃驚《きっきょう》して、孔太の顔が一瞬で浮いて佳人の目を覗き込む。

「いや、幻想じゃないといいと思ってるけど。それも個体差だし」

「個体差？」

「人それぞれってこと。体のしくみとか、心のしくみとか」

もう苛立《いらだ》つ気持ちは起きずに、佳人は教えた。

子どもが嫌いなのは、ものを知らなすぎるからだ。ものを知らなすぎる子どもが嫌いなのは、その無知で何をするかわからない怖さのせいだ。

「おまえに触られたとき、俺が気持ちゆるめたら多分セックスして少しは気持ちよくなれたと思うよ」

わずかに慣れただけかもしれないが、孔太の無知はただ純粋にも思えて、佳人から怯える気持ちを奪う。

「……どういうこと」

不安そうに、孔太の声が揺れた。

「でもおまえのこと全然知らないし、好きでもないから体が流されないように気を張った」

「なんでそんなことできんの」

質問ばかりの孔太が答えを知りたいのは、孔太自身のためではないと昨日佳人は知らされている。

「十五のときから訓練してる。なんか違うこと考えればいいだけの話だ。昨日はずっと、いなくなった猫のこと考えてた」

そこまで聞くと孔太には、不可解過ぎて問いも出ないようだった。

わからないという顔をしている孔太を、愚かではなくいとけないと思ってしまって佳人が戸惑う。

「おまえだって、昨日俺のこと知りもしないのに抜いてもらって気持ち良かったんだろ？　そんなもんなのかなって」

「なんか知らないけど絶望する」

「いいことだよ」

言葉を掠《かす》れさせた孔太に、佳人は笑った。

「何が」

不満を露《あらわ》にして、笑った佳人の顔を孔太は見ている。

「絶望したり考えたりしたらいいじゃない。好きかどうかもわからないのに寝て気持ちいいとか、後で大変なことになるぞ」

言葉を聞いて孔太は、不満を不安に変えた。

「俺はなったんだよ」

そこまで話してやることはないと思ったときには、佳人は疲れで動けなくなっていた。

起きたばかりなのに、気持ちの大きなやり取りが続いて気力が潰《つい》えている。

「……やっぱり、佳人さんの言うこと辛いよ」

なら離れろと言いたいのに、佳人は声が出なかった。

きっと孔太を育てるのを手伝えと瀧川に言われたのだろうが、正直それができるとは昨日は全く思っていなかった。けれど佳人の都合などおかまいなしに、一日でもう既に孔太は佳人から何かしらを持って行く。それらはとても大きなものだ。

さっき孔太に、一哉からは何も欲しいものがなくなったと真逆のことを言ったと思い出しながら、考える力を失くして佳人はぼんやりと目を閉じた。

孔太《こうた》のいる生活に、意外なほど早く佳人《けいと》は慣れた。

結局六畳間は簡単には片付けられず、リビングに布団を敷いて孔太は寝ていたが、大概朝早くに出て日中はいない。

佳人も役者として撮影中の映画があるのでそれなりに忙しく、たまに夜時間が合えばソファで一緒に食事をした。

リビングに佳人が居合わせると孔太は、電話をしたりメールをしたりしている。

電話には相手は出ないし、メールの返事も来ないようだった。溜息を吐《つ》いて彼女からの着信のない携帯を孔太は眺めるが、それに触ることは得意ではないようであとはぼんやりしていた。

庭で猫を探すのは、なるべく孔太のいないときを佳人は選んだ。

探しているところを、見られたくない。

一週間経たないうちに孔太が現場を見に行くと言い出して、孔太が運転する車で二人は福島県天栄村《てんえいむら》の近くに来ていた。

「親方、来ないとは思わなかった」

朝早くに瀧川《たきがわ》の事務所に行って機動力の高い四駆のワゴンに乗ったので、佳人は挨拶もしていた。

佳人の希望次第では瀧川が代わると約束をしたから現場には来るかと思ったが、言葉もなくただ見送られただけだった。

「来ないとは思ったけど、ここ見たら気が変わったんじゃないかな」

山の近くにある小さな小学校を車を背にしながら立って眺めて、孔太が寂しそうに呟く。

「普通、学校みたいなの燃やしたり爆破したりするときは本物じゃなくてセット使うんだけど」

過疎化で廃校になった小さな小学校の周りにはもう住宅も見当たらず、じっと建物を見ながら孔太は言った。

二人ともTシャツにデニムで、お互いの姿を家の中の部屋着でしか見ていないので少しの違和感がある。

「燃えやすいから?」

五月が終わるがこの土地には半袖は寒かったと、佳人は後悔した。

「そう。本物はちゃんと燃えにくいようにできてるから、鉄筋燃やしても絵は派手にはならない。……それにしてもよくここ借りられたな」

最後のは独り言で、この現場に孔太は息を呑んで見入っている。

小学校と言っても、何年も前に廃校になった三階建ての校舎と体育館が一つあるだけの、小規模なものだ。

けれど、普段の孔太の仕事を佳人は把握していないが、実際の学校を一つ燃やす機会はあまりないだろう。

怯んでいるようにも興奮しているようにも、孔太は見えた。

「そういうことは制作の三笠《みかさ》が全部やってくれるけど、大変だったみたいだよ。消防法？」

「東京近郊でもそれは第一だけど、実際はちょっと目こぼしがあって」

話していいのかを、孔太は考え込んでいる。

「目こぼし？」

「現行の消防法だと、俺たちの仕事成り立たないから。視察の日が決まってて、このくらいの火薬や燃料でやりますって見せて。当日はもっと多く使う。それでこっちが事故を出したら終わるから、なんていうか信頼だけで成り立ってるとこで」

必要な話だと判断したのか、孔太は説明した。

一度瀧川に火を頼んだものの、詳しいことは自分には何もわからないのだと今更佳人が知る。

「でも、こういう風に地方でやることって珍しいから、消防署も警察署も多分慣れてないと思う。そこはいつもと違うって考えないといけないとこだな」

「そうか。なんか不安だな。ここの許可待ってる間に、火以外の撮影は終わったんだ」

「そうなの？」

時々佳人は、おまえの敬語は一体何処《どこ》に行ったと場違いに笑いたくなったが、孔太の方はそれですっかり慣れてしまっていた。

「そう。ここ待ちなの、今」

「どんな火？」

どうやってここを燃やしたいのかと、孔太が佳人に尋ねる。

「脚本読んで絵コンテ見たんだろ？」

「読んだけど……文字から想像するの難しい。俺、本も読まないし普段」

それは意外ではないと、佳人は苦笑した。

「親方が」

五月が終わるが、北に上った分晴れていても風が冷たい。

「俺はあいつの欲しい火よりもっといい火をくれてやったから、おまえもそうしてやれって言うから。ちゃんと聞いときたい。佳人さんから」

そう教えられて、瀧川に家に孔太を置けと言われた最初の理由は、全くの建前ではなかったのかと佳人は驚いた。

「無茶言うな、親方」

「無茶じゃない」

何気なく言った佳人に、すぐに孔太は首を振った。

「無茶だと思ったら、俺こんなデカイ現場の責任者にならないよ」

真摯《しんし》な声を聞いて、もしかしたら本当に孔太に火を点けてもらうことになるのかと、ゆっくりと佳人がその現実と向き合う。

正直、現場を見に行きたいと言われたときは、連絡のつかない恋人のことを考え続けることから逃れたいのかと佳人は思った。

けれどここにいる孔太は、目の前の廃墟をどう燃やすかしか考えていない。

「世界を終わらせる火だよ」

ワゴンに寄り掛かって佳人は、廃屋となった小学校を眺めた。

「学校で？」

「子どもは学校が世界の全てだと思ってない？」

是《ぜ》とも否とも言わず、孔太は続きを待っている。

「俺は実は思ってなかったんだけど。学校のそばに大きな団地があったから、学校に行きたくない日はそこに行けば良かった。友達の家はほとんど片親か共働きで、昼間親がいなくて」

「……うちも、そうだったよ」

相槌《あいづち》を打った孔太の声が少し沈んだ。

「審査があるから、何かしら事情がないと簡単には借りられないからな。じゃあ子どもばっかの団地にいれば良かったのかって言えば」

遠いようでいて、繰り返し考えるのでいつでもそこにいるような部屋のことを佳人が思う。

「そうじゃなかったと思う。そのとき与えられた世界からは降りていただけだ」

箱に住めない、そこに戻したくないと瀧川が言った孔太のいた場所も、似たような部屋だったのかもしれないが佳人は尋ねなかった。

何を思うのか、孔太も自分のいた箱の話はしない。

「こんな世界終わればいい。何処にいたって、一度は思う」

顔を上げて佳人は、酷く澄み渡った水色の空を見上げた。

「その世界を終わらせるスイッチを持ってる。いつ押してもいい」

緑もさざめいてきれいな場所だけれど、何処の世界だって誰かが終わればいいと思うのは一緒のはずだと美しさと目を合わせる。

「虐《いじ》めとか体罰とか、そんな大仰なことがあるわけでもない。でも簡単には出られない世界の理《ことわり》の中にいて」

「ことわり?」

ちゃんと佳人の声を聞いている孔太が、わからない言葉の意味を聞いてきた。

「決まりごとかな。ルールよりは厳しい。法律よりももしかしたら大変だから、時々子どもは死ぬだろ?　屋上から飛び降りたり、電車に飛び込んだりする」

映画の話をしているはずなのに、まるで自分や誰かのことのようだと佳人も境目が見えなくなる。

「必要以上に理不尽な決まりごとなんだと思う。理不尽だからスイッチを押したい。いつでも押せる。ふとしたことでそれを押そうと決める」

物語の説明だと、佳人は声を張り直した。

「押したら世界が終わる。そういう火」

それをここでと、とうに人のいなくなった学校を指して、孔太を見る。

考え込むように孔太は、佳人を見てから学校の方を向いた。

「青い火にしたい。できるか？」

「青い火を作るのには、リンや銅を使う。でもこれだけの規模の火だと温度が上がりすぎるから、薬剤が効かないような気がする」

事実だけを返して、孔太はまだ結論を出さない。

「世界を終わらせるスイッチか」

ふと、孔太の気持ちが仕事を離れたのが佳人にもわかった。

学校を見ていたはずの孔太の目が、そのスイッチを見るように揺れている。

随分長いこと、孔太は何もないところを見つめていた。

「五日って言いたいけど、三日は予備の日が欲しい」

切り替えるように顔を上げて、落ちついた声で孔太は具体的な話を始めた。

「一日じゃ終わらないのか？」

「一度に燃やしたいんだよな」

「うん」

まだ言っていないことを問われて、不思議な気持ちで佳人が頷く。

「普通は、一度には燃やし切らない。燃え尽きたらもう取り返しがつかないから、何テイクかに分けて消したり燃やしたり繰り返す」

「一度に燃やして欲しい」

通常のことを説明されたら、自分はそれを望まないと佳人は知った。

「なんか、それはわかった気がしたから」

どうして理解したのか孔太は言葉にしないが、今孔太の中にある想像の火が自分の求めるものともしかしたら一致しているのだろうかと、佳人はそのことに酷く惑《まど》う。

「大雨だったら無理だし、強風でも無理だ」

「近くに民家ないよ」

「山がある。夏なら草も生えてるから」

人がいないので無尽蔵に生えている雑草を、孔太は指差した。

「消防の許可取ったら、ここまで大がかりだと当日消防車が待機する。それでもかなり大きな火になるから、延焼したら止められない。山一つ燃やしたら、生態系も狂う。土地が変わる。風のない日を選ぶのは絶対だ」

当たり前のことだと孔太が、感情は込めずに淡々と佳人に説明する。

「……そういうの、親方に教わったのか」

後を任せたい若者を闇雲に押しつけられたのではないと思い知って、少し呆然と佳人は訊いた。

「六年横で仕事してるから。……俺がこんなこと言うのおかしい？」

「いや」

手伝えと乞われた瀧川の声が、意味を違えてまた耳に返る。

「なるほどと思って」

大きな過渡期に関わっていることを、ようやく佳人は理解した。

奔流《ほんりゅう》のように止められない流れだと、不意にそう感じられる。巻き込まれていいのか、まだ判断はできなかった。


廃墟の中を丁寧に歩いて見て回ったら、長くなってきた日がさすがに暮れた。

お互い明日早朝出れば仕事に間に合うと気づいて、天栄村《てんえいむら》の安い温泉宿に駆け込みで部屋を取って食事を貰う。

寝るだけだから何処《どこ》でもいいと思ったが、風呂から上がって並べられた布団に浴衣《ゆかた》で座り込むと、佳人《けいと》にも多少の気まずさはあった。

家ではリビングに孔太《こうた》が、二階に佳人が寝ている。

「二作目でも火の操演《そうえん》使うんだ、あんな規模で。珍しいな」

気まずいのは孔太も同じなのか、布団に大の字になって孔太の方から声を漏らした。

「そうか？」

「あのくらい大きいと、ＣＧや模型が多い」

黒い髪を濡らしたままにして、孔太は天井を見ている。

「火が好きなんだ」

もう寝ようと常夜灯に落として、けれど風呂上がりでまだ布団に入る気にはなれず佳人も上掛けの上に横たわる。

「なんで？」

意外だというように、孔太は尋ねた。

「なんでも燃えればいいって思わなかったか？　ガキの頃」

尋ね返すと、孔太は何も答えない。

「たいしたことじゃないのに俺は思った。家も燃えればいい、学校も燃えればいい、団地も燃えればいい。火が全部なかったことにしてくれると思ったのかな」

そこまで深く考えていたわけでもなかったかと、訊かれたからまとめた言葉に佳人は少し違和感を覚えた。

「テストの日に職員室燃えればいいとか、そんな程度の日もあったよ」

「……子どもの頃は、思った。確かに。学校や、でも家は思わなかったな。小さい妹がいて」

「妹いるのか」

孔太が小さい妹などというのが意外で、思わず佳人が尋ねる。

「うん。親父の、なんていうんだろ。女が生んで、俺とは十二離れてる」

女がと呟く孔太の声が躊躇《ためら》っていて、瀧川のいう「箱」を佳人は思った。

「母親違ったけど、妹小さかったから。団地が燃えればいいとは思わなかった」

単純な理由だと、そんな風に孔太が呟く。

「妹中学生で今、かわいかったけどやっぱ俺みたいなことになってる。親父が一緒に暮らしてる女、もう妹の母親じゃないし」

妹の話をしたら心配な気持ちが募ったのか、孔太は独り言のように言った。

「なんとかしてやりたいけど、どうにもならない」

「そうか」

なんとかしてやりたいという言葉は本心に聞こえたが、まだやっと自分が独り立ちしようかという孔太にどうすることもできないのは当たり前だと佳人も思う。

「しかたないな」

他に言ってやれることは見つけられなかった。

俺みたいなことと孔太は言ったが、佳人は孔太がどんな子どもの頃を過ごしたのかはっきりは聞いていない。

けれどあまり聞きたくなかったし、想像もある程度ついた。

多分同じようなところに、佳人もいた。

「でも、今は燃えろとは思わないよ。何も」

「仕事にしたからか?」

いつの間にか孔太の方を向いて、佳人は訊いた。

常夜灯は随分暗いが、目が慣れるとお互いの表情ははっきり見える。

「9.11の映像見たことある?」

天井を見たまま、孔太は不意に違う話を始めた。

「ツインタワー?」

「そう。ニューヨークの高層ビル」

「見たよ。何度か」

その2001年9月11日にアメリカで起きた同時多発テロの映像は、佳人の記憶にも鮮明だった。

「親方は9.11より全然前から今の仕事をしていて、ツインタワーに飛行機が吸い込まれるように消えて燃えるのを見たときに……」

話しながら孔太が瀧川から聞いた言葉を思い出すように、手で口元を触る。

「ああ、映画でもああいうシーンは突然消えたみたいに見えるな。ああなるってわかってて作ってたのか」

「そうじゃなくて」

ツインタワーの映像を見たときの衝撃とともに、随分後から思ったことを口にした佳人に、孔太は首を振った。

「いや、親方はそうなるだろうと思って同じような爆破を作ったことが何度もあったって言ってた。火と物質の理屈だけじゃなくて、イメージもして、こうなるはずだと作っていたのに」

躊躇って孔太の声が、重くなる。

「実際そうなるのを見たら恐ろしくてたまらなかったって、言ってた」

教えられたことを理解するのに、佳人には少し時間が必要だった。

「……そうか。あの日まで誰もあんな火を見たことなかったんだもんな」

事故や爆破はあってもその場にいた人間は生き残ったかわからないし、あんなにも鮮明に映像が存在するのは9.11が初めてだとようやく気づく。

「こうなると想像してたけど、想像と同じ火だけど、全然違ったたって親方が」

ゆっくり孔太が瀧川の言いたかったことを紡《つむ》ごうとするのに、佳人は耳を澄ませてじっと聞いていた。

「俺には上手く言えないけど。怖いって思わなかったら駄目なんじゃないかって、聞いたときに思ったよ」

すぐには、佳人は言葉が出ない。

燃えればいい。火が全部終わらせてくれる。たいしたことじゃないけれど、燃えて欲しい。

火が消し去る命のことを、佳人はちゃんと想像できていなかった。

「馬鹿だな俺」

髪を指で梳いて、自分へのやり切れなさと恥ずかしさに大きく溜息が漏れる。

「おまえのことも、すごいガキだとか思ってた。ホント馬鹿だな俺」

火を扱う仕事をしている孔太を見くびっていたことにも、佳人は己に呆れ返るしかなかった。

「俺は親方から聞いたまま喋っただけで。馬鹿だとは思わないよ。佳人さんは、火をつけなかったんだろ?」

「そうだけど」

「俺今も、親方のこのときの気持ちちゃんとわかってない。でも大事なこと言われたことだけはわかったから、忘れないように時々考えてる」

今、実際瀧川《たきがわ》が言ったままを反芻《はんすう》していた孔太を、佳人も見ていた。

「何を燃やしたかったの。佳人さんは」

話を変えるように、孔太が佳人を見る。

「それはもう、ガキの頃は不満ばかりで。何もかもだよ」

薄闇で目が合って、佳人は笑った。

「小さいころから、好きになるのはみんな男で。世の中結構リベラルだけど、子どもだからさこっちは。男好きになったってどうにもなんないって悩んでて、ずっと。誰にも言えないし」

今考えれば一生誰にも人を好きになる己を打ち明けられずに生きるのだと絶望していた自分は愚かだけれど、子どもの情報量と何より自意識の中ではどうにもならなかったとも覚えている。

「幼なじみっていうか、近所の大学生が俺に気づいて。俺がゲイだって、なんでだか気づいた。部屋に上げられて、触られたら気持ち良かった。ずっと他人に触られてみたかったし」

その時のことは思い返すと、胸が塞《ふさ》がれるというよりは胸が悪くなる。

「上手《うま》いんだわ、これが」

笑えるかと思ったら、それは佳人には無理だった。

「すげー気持ちいいからこのお兄ちゃんのこと好きなんだってそんときは思ったけど、今でもあいつは殺せば良かったと思うな。あいつもあいつんちも燃えろと思った」

なんの判断力もなかったとはっきり言える自分の体をいいようにした男のことは、大人になるごとに憎しみが増した。

「……大変なことってそのこと？」

遠慮がちに、孔太が問う。

「いや」

孔太にした話を、佳人も覚えている。

「違う」

だがその話をする気にはなれず、佳人は口を噤《つぐ》んだ。

「ああいう演技するってことは、したことあるんだよな。演技」

ふと、最初の晩のことを孔太が訊く。

「なんでしたの？」

「それは……」

質問が多いと笑いながら、それでも佳人はそのことを考えた。

「演技は、正直したのはおまえで二度目だ」

ちゃんと思い返すと、演技が必要な相手とは佳人は寝ないで生きてきている。

「二度目って」

「一哉さんと最後に寝たときは演技してた。気づいたかもな、その芝居下手だったと思うから」

終わったあと寂しそうに自分を抱いた一哉を、佳人は複雑な思いで覚えていた。

「演技よりどっちかっていうと、好きかどうかもわからないのにすごく感じたことがあるよ。

最初の上手なロリコン野郎じゃなくて」

そちらの方が自分には問題だと、いつでも佳人は思い知っている。

「そんで、ずっとそのことを考えてる」

辛いとか悲しいとかそういう負の感情とは分けて、そのことを考えるのは佳人には日常的な習慣のようなものだった。

「おまえしたことないの？　好きじゃない子と」

「……ある。何度か浮気した。その場の雰囲気みたいなので」

正直に打ち明けて、ばつが悪そうに孔太が頭を搔《か》く。

「男は別に珍しいことじゃないよ。罪悪感なしに好きじゃない人として、出してスッキリして終わりってのは」

「佳人さんも男だろ」

「そうだけど。もしかしたら好きじゃないかもしれないやつと寝て、すごくよかったことは」

意味がわからないと不満そうにした孔太に、佳人もちゃんと説明するつもりはなかった。

「どんな気持ちか言葉になんかできないよ。そうだな、これは男も女も関係ないな。個人差だ」

好きじゃないというとそれは違うと、佳人はそのときのことを否応なく思い返した。

好きは好きだった。けれど体が応えたほどに愛したのかは、もう確かめようもない。

「好きな人となら気持ちよかったんだよな？　あの、一哉さんっていう人も、好きだったときはよかったんだろ？」

小さな灯りの中でも佳人のまなざしがどれだけ沈んだのかわかったのか、慰めを求めるように孔太は言った。

「それは、もちろんそうだよ」

「ならこの間なんで、それ幻想だって言ったの」

「……おまえそんなにお喋りさんなの？　無口そうに見えたのは俺の勘違い？」

質問が終わらなくてまるで幼い子どものようだと、佳人が笑う。

「佳人さんと話したい」

不意にまっすぐ言われて、それは今更だけれど佳人には意外なことだった。

「なんで」

不思議な気持ちのまま返すと、孔太が布団から起き上がる。

近くに寄られても、以前のように佳人はとっさに身を引けなかった。

「わからないことが……わかる気がする。きついけど、多分知ってた方がいいことみたいな気がして。知りたいんだ」

心細そうな声で言いながら、断りもなく孔太は佳人の傍らに横たわった。

「それはさ」

懐かれても困ると思いながら、今日は佳人も孔太に与えられたものがあって無下《むげ》にできない。

「当たり前だろ。おまえより……何年だ。六年長く人間やってんだから。年上の人間の言うことなんかにいちいち頷いてちゃ駄目だよ」

「なんで」

「ホント質問多いな。六つも年上だったらおまえより六年分とりあえずなんかしら知ってて当然なんだから、頼るなよ」

どうしてと尋ねられるたびに、孔太に何かを持って行かれる感覚に襲われた。

それは佳人はずっと避けてきたことだ。

「俺、本当は年下とはつきあわないし仕事もしたくない」

「なんで」

「またなんで」

答えるのがいやで、佳人が笑う。

「馬鹿だから」

「酷いな」

「違う。俺が馬鹿だから」

そうじゃないよと、すぐそばにいる孔太を佳人は見た。

「馬鹿なまんま与える側になるのを避けてた。責任負えない」

暗闇に髪が降りて孔太がよく見えなくて、今はそのくらいの視界が丁度良い。

「おまえが来たので否応なく自分がまだまだ馬鹿だと思い知った。もう勘弁してくれ」

大人のようなつもりで孔太を侮《あなど》って嬲《なぶ》ったことを、恥じて佳人は深く悔やんだ。

まだ何かを求めて、孔太は佳人を見ている。

「……好きだったかどうかもわからない人とやって気持ちよかったこと、ずっと考えてて答え出ないの」

「多分永遠に出ない」

その問いには、佳人もすぐに答えられた。

「気、張ってるって言ってたな。こないだ。よくならないように」

よほど傷ついたのか思い返して、孔太は声を低くする。

「俺佳人さんに恋してないけど、入れたらすごい気持ちいいだろうなって思った。あのとき。でも、佳人さんと寝ても気持ちいいの俺だけなんだな」

酷く切なそうに言われて、あのときは確かにそれを孔太に教えようとしたはずなのに、追い詰めたことを佳人は快くは思えなかった。

「触ってもいい？」

手を浮かせて、孔太が乞う。

「こういうことしだすと、切りがなくなるだろ」

駄目だと、佳人は首を振った。

「触らせて。何もしないから」

大きな手が伸びて来て頬に触れるのを、何故だかそのままに佳人が受け止める。

「ずっとその子抱いてたの」

「うん」

別れた女のことを訊いた佳人に、孔太は小さく頷いた。

「突然俺の前からいなくなって。どうしたらいいのかわからない」

ほとんど力の入らない孔太の指が、子どものように熱を持っている。

「……抱かせて」

「駄目だってば」

「抱きしめさせて。それだけでいいから」

そうではないと、孔太は緩く佳人の体を両手で包んだ。

厚い胸に抱かれてそこにおさまってしまうような感覚に、すぐに佳人も押し返せない。

「孔太」

それでも手を解こうと顔を上げると、孔太は佳人を抱いたまま目を閉じている。

「……本当、こういうとこはでかい子どもみたい」

佳人を抱いたら安心したように眠ってしまった孔太の胸に、あきらめて佳人は寄り添った。

切りがなくなるから駄目だと咎《とが》めたのは本当で、一度触らせてやってしまったから、孔太は佳人に触れることに抵抗がなくなったのだろう。

この間まで十年も同じ女とつきあっていて結婚まで考えていた二十五の男が、年上の男を抱いて眠れる方が尋常ではない。

「子どもはたくさん間違えるな。間違いにはつきあえないよ」

だが自分も思っていたよりずっと幼く愚かなままでいたと、孔太の体温のせいで佳人も眠りに呼ばれた。

「……ま、いっか」

流されないことを常としているのに、その眠りに抗《あらが》えない。

明日孔太より早く起きようと思いながら、佳人は体の力を抜いた。


「良くない！」

もうすぐ自分の出演部分を撮り終わる映画の撮影の合間に、スタジオに近いカフェで佳人《けいと》は叫んだ。

「どうした突然」

向かい合って操演《そうえん》の予算を打ち合わせていた祐介《ゆうすけ》が、特に驚きもせず尋ねる。

独り言や奇行が目立つのはこの業界では珍しいことでもなく、様々な人間を相手にする祐介は大抵のことでは動じなかった。

「……ちょっと私生活が乱れててな」

早朝都内に戻って何事もなくお互い仕事に行ったものの、あれ以来孔太《こうた》は佳人のそばに寄る癖がついていた。

家に置いたときは大きくて邪魔だとしか思わなかった孔太が近くにいるのを、今までそういう線引きを絶対に怠《おこた》らなかったのに佳人は許してしまっている。

「だから切りがないって言ったのに……」

「独り言もう終了してもらっていいですかー。あ、この間ごめんな。別れてたんだな、彼氏」

言われて佳人は、今度会ったら祐介を殴ろうと思っていたことを思い出した。

「何処《どこ》から聞いた」

「週刊誌」

あっけらかんと答えて祐介が、鞄の中に突っ込んであった週刊誌を両手で取り出す。

その存在は佳人も知っていたが、佳人の方が若い男に乗り換えたという写真と記事のページを祐介は思い切り開いて見せた。

「おまえは本当に神経が笊《ざる》だよな……！」

雑誌を引ったくって、今こそそうするときだとその雑誌で佳人が祐介の頭をはたく。

「そうじゃないとこんな仕事やってらんないってー」

雑誌で小突《こづ》かれたくらい痛くも痒《かゆ》くもないと、祐介は憎らしい顔をして肩を竦《すく》めた。

「若い新しい男さ」

その上祐介は、この間毒づいていた若い男に佳人が乗り換えたという記事に、たいした興味も見せない。

「やめてくれるその言い方」

「一応俺、リサーチしたの。若いけど評判いいよ。仕事はきっちりしてる。火薬系の免許ももちろん全部持ってるし、現場責任者任されるのは今回が初めてじゃない。ただうちのは規模がでかすぎるけどな。滅多にない大仕事だろうし」

そこまで一息に言って祐介は、ふと似合わない真顔になった。

「そうじゃないかと思ってたけど、親方代替わり考えてるな。それも近いうちに」

既に佳人には想像と言うより現実になりつつあることを、祐介が口にする。

「どうする。若い男と現場見て来て、どうだった」

もう六月に入った。

夏は目の前だ。現場責任者が誰なのかを決めなければならない。

瀧川《たきがわ》に答えを用意されてそれを認めざるを得ない孔太を見たのに、佳人は真逆のことを言った。

「不安しかない」

「あいつも俺もガキだ」

一緒に仕事をすることが、今は少しも想像できない。

「怖いよ」

火は命を連れていくと、佳人は初めて孔太に教えられた。

「その方がいいんじゃないの?」

「孔太、降ろせってこと?」

不意に祐介に同意されて、佳人が戸惑う。

「逆。不安で怖い方がいいんじゃない。おまえらしい仕事になるよ」

何気ない祐介の言葉に違和感を覚えられないまま、佳人は窓の方を見た。

不安と怖いは、とうに別れた感情だと思っていたのに、友がおまえらしいと言う。佳人は自分のことを、もっと大人になったと思っていた。

命を奪うその火を熾《おこ》すなら、孔太か自分のどちらかが大人でなければならないのではないかと不安は増す。

ついこの間まで自分はもう充分にものをわかったつもりで傲《おご》っていたことが、佳人から更に自信を奪った。


真夜中の庭を、佳人《けいと》は歩いていた。

庭といっても車二台置ける程度のスペースに、背の高い花木が三本、雑草が生え放題になっているだけの庭だ。

「……チビ太」

夜も深いので、小さな声で佳人が呼びかける。

不安で怖い方がいいという祐介《ゆうすけ》の言葉は、まるで意味がわからなかった。火を扱うのに、こんな気持ちでは何も決められない。

だから佳人は、猫を探した。猫が帰って来ないとこれ以上前に進むことは無理だ。

「チビ太」

いつでも応えはないけれど、ずっと佳人は猫を呼んでいる。帰宅したら一度は呼ぶのがもう習慣だ。

リビングには孔太《こうた》がいて、灯りが点いているので部屋の中が見える。

観たいと言われて出しておいた佳人の一作目を、孔太がテレビで観ようとしているのがわかったのもあって佳人は今中に入りたくなかった。

ごく普通の恥ずかしさで、そんなしおらしさが自分にあることに驚く。

「チビ太」

ぼんやりと佳人は、薄暗がりに猫を呼んだ。

「猫、帰って来ないの」

不意に後ろから孔太の声を聞いて、驚いて佳人が振り返る。

映画を観る前に佳人に気づいて、庭に出て来たようだった。

「……帰って来ないよ」

「いつも庭探してるけど、猫って意外と遠くまで行くって今日現場で会った女の人が言ってた。少し遠くも探したら」

なるべく孔太のいるときは探さないようにしていたのに気にされていたと、佳人が苦笑する。

「一緒に探すよ。この辺歩きたいし」

鍵は掛けて来たと見せられて、佳人は孔太に伴われて往来に出た。

「そんなに遠くに行くかな。年寄りで」

「最初小さかったの？」

問われて、逆に意味を問うように佳人が孔太を見上げる。

「チビ太」

名前ももう知られていて、あきらめて佳人は息を吐いた。

「いや、拾ったのは四年前だけどもう大人猫だった。撮影で千葉に行って、怪我してるチビ太見つけちゃって。だからこの家借りたんだ。猫は一軒家がいいかと思って」

「なんか意外だ」

やっと猫の話をした佳人に、孔太が首を傾ける。

夏の気配がもう充分に漂っていて、大きな家の多い住宅地に入ると庭先に百日紅《さるすべり》が咲き始めていた。

「だろうな。猫拾って獣医連れてって、猫のために一軒家借りるように俺、見えないよな」

「……うん、正直見えない。猫好きなんだ?」

駅を離れるごとに町は、ゆるやかに上り坂になっていく。

決まっている時間を過ぎているのに、音大生のピアノの音が聞こえた。

「好きっていうか、チビ太と暮らしたくて」

四年前にもう大分歳《とし》だったキジトラの猫を、佳人が往来の隅や家々の庭先にぼんやりと目で探す。

「その撮影、一哉《かずや》さんが一緒で。俺が怪我してるチビ太見てたら……耳が、ちょっと切れてて痛そうで」

恋人になってから初めてまた同じ現場になった一哉が、隣に立ってチビ太を見てくれたことを佳人は思い出していた。

「たいした怪我じゃないから獣医に連れてって、飼いたいなら飼ったらいいじゃないって」

そう教えてくれた一哉の声を、佳人はよく覚えている。

「そうか俺、この猫飼えるんだって言われて初めて気がついて。段ボールとタオル貰って、嫌がるチビ太一哉さんと捕まえて連れて帰った」

一哉の名前が出て、何か訊きたそうに孔太は佳人を見たが、それは問うのをやめたようだった。

「小さくなかったのに、チビ太？」

「昔、飼ってた猫の名前そのままつけた。女の子なのに嫌だったかな」

そんなに探せるところもなく歩いていると、街灯の明るい水琴《すいきん》緑地公園の植え込みががさりと揺れる。

「あっ」

猫の姿が見えて、孔太は突然全力で走った。

けれど追われて慌てて植え込みを飛び出た猫は、多分何かの血統書付きでグレーに見える。

不意の動きをしたせいで孔太が蹌踉《よろ》けて植え込みに突っ込むと、猫は更に走った。

「待てよ！」

公園の植え込みに体を突っ込ませた孔太の腕を、咄嗟《とっさ》に佳人が摑む。

何も言葉は出ずただ首を振った佳人に、孔太は溜息を吐《つ》いた。

「この猫じゃないか……」

残念そうに孔太が、体を起こして走って逃げた猫を見送る。

動かさずにいた感情が不意に水が大量に流れるように脈打って、佳人は孔太の腕を摑んだまま簡単には声が出なかった。

「……なんで、探してくれんの？　チビ太」

ようよう口を開いて、佳人が孔太に尋ねる。

「佳人さんからの質問、珍しいな」

消えた猫の方をまだ見ていた孔太が、佳人を振り返った。

「大事な猫なんだろ？　ずっと探してる。リビングにいても、窓の方よく気にしてるし」

だからだと、それ以上でもそれ以下でもない単純な理由を孔太がくれる。

与えられた答えを、佳人はよく聞いた。よく聞いて自分が、ずっと仕方のないことをしているとようやく思い知る。

「怪我で獣医に連れてったとき、野良長いみたいだしもう結構おばあちゃんだって歯見ながら医者が言ってた。飼うの？　って、ちょっと笑われた」

誰にも猫がいなくなった話をしていない佳人は、これを声にするのも初めてだった。

「そこから四年経ったから、本当はもう生きてないとは思う」

それでも、きっと死んでいるとは、言えない。

「動物は……死ぬとこ見られたくないって、聞いたことあるから。佳人さんに、見せたくなかったんじゃないの」

立ち尽くしている佳人に、遠慮がちに孔太が言葉を集めた。

「おまえがそんな普通のこと言うなんて」

笑おうとしても笑えない。

もう猫はきっと生きていないと認めたことで、佳人は一歩も動けなくなってしまった。

「なんなんだおまえ」

どうしておまえがそれを自分にわからせたと、咎《とが》めそうになって佳人が無理矢理首を振る。

泣かないように、強く歯を食いしばった。

「ありがとな。俺、本当はもうあきらめてたみたいだ」

一人でいたらいつまでもいない猫を探していたかもしれないと、自分だけでは気づけなかった意味を成さない行動を思い知る。

「探すのはなんか、なんだろ。まじないみたいなもんで」

自分を落ちつかせる儀式のようなことをただ繰り返していたと、佳人は長く息を吐いた。

「おまえが真剣に探してくれたから、ちゃんとあきらめがついた。ホント、ありがと」

水琴緑地公園は住宅地の真ん中にある木に囲まれた小さな公園で、車が入れないように腰に届かない鉄の柵が入り口にある。

「ごめん。少し座っていい？」

断ると困った顔をしていた孔太が頷いて、佳人はその柵に腰を預けた。

時間が遅く人通りは少なく、同じ柵に孔太も腰を掛ける。

試験か何かが近くて誰も咎めないのか、ピアノはまだ聞こえていた。

「そういう風に、色々考えるんだけど。元々野良だったから、最後は外が良かったのかなとか。千葉に帰ったのかなとか」

元居たところから段ボールに入れて連れて来たしと、千葉まで歩く猫を佳人は想像したりしていた。

「房総《ぼうそう》なんだけどな」

地名を言ったら、少しだけなんとかちゃんと笑えた。

けれど何処《どこ》に行ったのだろうと、学校が多いとは言えやはりそこそこ都会ではある街を見渡すと唇が結ばれる。

「でも……出てって、草むらとかですぐ寿命来たならいいけど。そんなに草むらなんて多くないしこの辺。車も通るし、雨の日も寒い日も暑い日もある。どっかで腹減って苦しんでるんじゃないかって考え出すと」

二月《ふたつき》以上見ていない猫の姿は、佳人の中で健やかになることよりも苦しみに悶《もだ》えることが多かった。

「最近、あんまり動かなくなってた。日なたで寝てばっかで。だから出てくなんて思わなくて、風入れようとして窓開けたんだ。気がつくといなくてさ」

春の気持ちのいい日で、猫も嬉しいだろうと風を入れた自分を何度でも悔いる。

「家にいてくれたら、寒い思いも暑い思いもしないで。水だって食べるものだってあるし、苦しい思いなんかさせなかったのに。なんで窓、開けたのかな俺」

「ごめん」

ぼんやりと言った佳人に、不意に、孔太は謝った。

「何が」

意味がわからず、佳人が尋ね返す。

「慰める言葉、何も思いつかなくて」

「それで、ごめん?」

本当にすまなさそうな顔をしている孔太に、佳人は笑いかけることができた。

「一緒に探してくれた。おまえ」

下りて来た髪を掻《か》き上げて、なんとか気持ちを切り替える。

「猫の代わりに鳴いてろって言ったけど、本当にチビ太なんじゃないの？」

「……探してるのはばあちゃん猫なんだろ？」

「そうだった」

戯《ざ》れ言《ごと》を言った自分をまだ不安そうに見ている孔太に、佳人は大きく息を吐いた。

夜が深くなって闇が濃くなっても、街灯の灯りが時間を教えてくれない。

ジジ、と羽虫が弾ける音が聞こえて、今この瞬間に夏が訪れたと佳人は知った。

夏が来たなら、孔太のことを決めなければならない。

自分だけが孔太を確かめるのではなく、孔太も自分をよく知らなくてはと、火がどういうものかを話してくれた男を佳人は見つめた。

「チビ太はオスだったんだよ」

今はそれだけ教えるのが精一杯で、問うように自分を見た孔太の背を軽く叩く。

「帰ろう」

少しも前に進めないと思っていたのに、もう猫のいない家に、想像していたのとはまるで違う一歩を佳人は踏み出した。

いない猫を探すのをやめたら知らぬ間に張っていた気が抜けて、滅多にないことなのだが撮影の朝佳人《けいと》は寝過ごした。

スタジオでの撮影なのに滅多にしない遅刻で迷惑を掛けて方々に頭を下げたが、普段時間にきっちりしている佳人のらしくない出来事に、逆に体調を心配された。

「……ちゃんと眠ってなかったんだな。チビ太いなくなってから」

自分のせいで押した午後の撮影の休憩が入って、溜息《つ》を吐きながらスタジオを出る。

屋内では別の季節を撮影しているので忘れそうになるが、訪れたばかりの夏が眩しかった。

「大丈夫？　風邪でもひいた？」

後ろから走ってきて声を掛けてくれたのは、馴染みのヘアメイクの杏奈《あんな》だった。

「いや……本当にただうっかり寝過ごしただけ」

「だからそれが心配なんだって。佳人くん神経質だから眠れないことはあっても起きられないことってないでしょ？」

長袖の薄いカーディガンを羽織った杏奈に言われて、自分が人付き合いの中で見せようとしているものと全く別のことを言い当てられる。

「色々あってさ」

少し歳上の、たまに呑みに行ったりもする杏奈に、自分でももうそうではないと思っている己を知られていることは、けれど佳人には驚きではなかった。

佳人には女はみんな未知のものだ。魔法を使っているのかと訊きたくなるくらい女が聡《さと》いことにはいつでも黙って頷くしかない。

「実はちょっと、気にしてるんだけど。あたし」

「なんで?」

自然と撮影所の外にあるカフェに向かいながら、杏奈は声を小さくした。

「萩原《はぎわら》さん荒れてるから。ごめん余計なお世話だけど、気にしてたとこに遅刻してきたからさ」

「……一哉《かずや》さん? 荒れてるって、なんで?」

心配の理由はわかったが、一哉が荒れていることなど見たことがない佳人が、間抜けな問いかけをしてしまう。

「それはだって、わかるでしょ? お酒の席で共演者と揉《も》めたり、ちょっと続いてるよ」

なんでと訊いた佳人を、さすがに杏奈は咎《とが》めた。

「だから、佳人くん本人は大丈夫なのかなと思ってたのよ」

「一哉さんは……俺にはいつでも、やさしかったから。酒呑んだって潰れるのは俺の方だし。だいたい酔っ払うとこも見たことない」

「過去形なのね。向こうはまだそんな感じじゃないよ」

気をつけてと小さく杏奈が言う。

心配されていることはよくわかってありがたかったけれど、覚えている一哉と全く嚙み合わない話に佳人は困惑した。

一方的に別れを告げて、もう三月《みつき》になる。

一哉は大人で割り切りも早く、三月経ってそんなにも自分のことで気持ちを乱しているということ自体が佳人には飲み込めなかった。

「……佳人さん」

不意に足下に大きな影を作った男に呼ばれて佳人が顔を上げると、驚いたような顔をして孔《こう》太《た》が立っている。

「どうしたの。おまえも仕事?」

広いスタジオなのでそういうこともあるかと、佳人も驚いて尋ねた。

「いや、俺今日オフで。そこで映画観てた」

撮影所と続きになっている大きなシネコンを、孔太が指差す。

江古田《えこだ》からも近く、この撮影所は操演《そうえん》でも来ることがあるだろうから映画館をここにするのは自然なことだが、孔太がオフの日に映画を観るのが佳人には意外だった。

「何観てたの。あ、ヘアメイクの杏奈さん。杏奈さん、ええと」

初対面の二人を紹介しようとして、佳人は孔太を今現在なんと言ったらいいのかわからない。

まだ孔太と仕事すると決められていなかった。

「操演やってる、孔太」

「どうも、杏奈です。……へえ」

名乗って杏奈が、Tシャツにデニムの孔太の顔をじっと見上げる。

「佳人くん。ちょっとかわいそうよ、萩原さん」

顔のことを言われたのだとわかって、ますます佳人はなんと返したらいいのかわからなかった。

「こいつはそんなんじゃないよ。本当に操演の」

「佳人くんがいいならいいけど」

らしくなく慌てた佳人の肩を叩いて、仕方なさそうに杏奈が撮影所に戻って行ってしまう。

「参ったな……ごめんな孔太。おまえやっぱ顔似てるんだな。勘違いされた」

「俺は別にいいけど」

「よくないだろ?」

同じ業界で仕事をしているそもそも女とつきあっていた孔太の言葉に、佳人は思わず問い返した。

「だって、本当のことじゃないし。佳人さん全然良くないんだろ。俺」

卑屈になっているのではなく、今の現状を孔太が言葉にする。

「まあ、それはそうだけど。……映画、何観て来たの」

淡々としている孔太に自分が馬鹿みたいに思えて、元の話に佳人は戻した。

「え」

映画のことを訊かれて、孔太はすぐに答えられない。

「言えないような映画、やってたっけ？　シネコンで」

「あの……佳人さんの初監督映画。観た」

渋々答えた孔太に、佳人もそのシネコンの一番小さな映写室で、海外の賞を取った邦画の特集上映をしていることを思い出した。

「ディスク、出して置いただろ。リビングに」

「うん。夜何度か観ようと頑張ったんだけど」

頑張ったと、孔太が口を滑らせる。

「どうしても……五分で寝ちゃって。映画館なら寝ないかと思って」

五分で寝てしまうような映画でもあるかもしれないとは自分でもわかっていて、佳人はがっくりと肩を落とした。

「コーヒーでも飲もう。杏奈さんに逃げられちゃったし」

孔太の腕を力なく押して、佳人はすぐ近くのカフェに入った。

「アイスコーヒーでいいか？」

撮影所の休憩の人間しかいないカフェの窓際に座って、佳人が孔太に尋ねる。

「うん」

「アイスコーヒー二つ」

横を通った店員に、佳人は注文を頼んだ。

「オフの日にどうも、勉強してくれて。映画館なら寝ませんでしたか」

「なんとか」

それだけ言って孔太は頭を掻《か》いた。特に映画について何を語るでもない。

「メシ食う？　サンドイッチとか」

「まだ腹減らない」

「そう」

自分の映画を観終えたばかりの孔太が、どう見ても明るいとは言えない顔で黙っているのが佳人は酷《ひど》く気に掛かった。

程なくアイスコーヒーが、テーブルに二つ置かれる。

言葉もなく孔太は、それを飲み始めた。

「映画」

実のところ佳人は、こうして観た人に感想を求めることは普段ない。

「どうだった？」

だが孔太は次の火を創るかもしれない仕事相手だと心の中で思って、尋ねた理由は全くそんなことではないと口に出したらすぐにわかった。

その暗い顔がただ気になるのだ。

「全然」

突然問われて激しく困惑したように、孔太が顔を歪める。

「おもしろくなかった」

けれど言葉が勝手に出て来てしまって、正直過ぎる感想が落ちた。

「おまえ……」

「すみません……」

まさかそこまで率直に言われると思っていなかった佳人が呆然とすると、追い打ちを掛けるように孔太が謝る。

「佳人さん子ども嫌いなのに子どもの映画なんだな。今度のもそうだろ」

取り繕《つくろ》うこともできない孔太に、いっそ可笑《おか》しくなって佳人は笑った。つまらないから暗い顔をしていたなら、それはそれで仕方のないことだ。

「子どもの頃のことをよく覚えてて、だから子どもが嫌いなんだよ。子ども怖い」

肩を竦《すく》めて、子どもが嫌いと言うよりは怖いのだと、佳人が孔太に打ち明ける。

「あれは覚えてるまま撮った。資金のこともあったけど、それで次の脚本書くまで八年空《あ》いたんだ」

それで、の意味がわからないと、孔太は続きを待っていた。

「誰でも一つは物語が書ける。自分の話」

今度は一から別の人間の話を創らなければならなかったから八年掛かったと、佳人は教えた。

「あんなだったの？　ガキの頃」

「だいたいな。俺も今はもう、あの映画は嫌いだ。おまえなんで嫌いなの」

撮影所のそばで上映していることを知ってはいたが、意識の外に置こうとしていた自分に佳人が気がつく。

「嫌いとは言ってないよ。団地の話だから、色々思い出して」

最初に撮った佳人の映画は、巨大団地の一部屋だけを追う物語だった。

主人公の少女の部屋に、様々な子ども達が出入りする。いいことは少なく、少女は夜ごときれいな遠くの海の夢を見て生きている。

けれどその海は夢なので、最後には燃えてなくなる。

瀧川《たきがわ》に創ってもらったのは、そのときの火だ。

「俺、いい思い出ないから。佳人さんも似たような感じだったって思うと、なんか驚くけど」

今度の火は孔太が、本当に創るのかもしれない。

「……似たような感じって？」

もっと孔太をちゃんと知ろうと、詳しくはまだ聞いていない箱のことを、佳人は何か観念したような気持ちで尋ねた。

「少し、話したよ。親父が女癖悪くて、女が出たり入ったり。ずっと」

うんざりと孔太が、溜息とともに呟く。

「俺、親父好きじゃないんだ。そう思うのもいやだけど、親父のこと馬鹿だと思ってる。親父はそんなこと気にしやしないだろうけど」

蔑みではなく知らない者への悲しさのように、孔太は言った。

「自分の名前の意味調べるって、小学校のとき学校でそんな時間あって。漢字辞書引かされて、調べたら孔太の孔は穴なんだよ。意味が」

それを今でも忌々《いまいま》しいと思うように、孔太の声が荒れる。

「なんでだよって親父いるときに訊いたら、雀荘《じゃんそう》に置いてあった漫画に出て来た偉い人についてた字だって殴られた」

「諸葛亮孔明《しょかつりょうこうめい》か」

「佳人さん、賢いな」

三国志に登場する人物の名前を言った佳人に、孔太は困ったように笑った。

「その親父も女もほとんど家にいないから、友達溜まって。酒、煙草、誰かが薬持って来たり」

話している孔太は佳人と違って、その記憶を遠ざけようとしている。

「殴ったり殴られたり、よく知らない女とやっちゃったり。目茶苦茶だった」

最初に佳人が子どもだと思ったはずの孔太は、年齢に見合わない老いと疲れを瞼に映した。

「彼女家に呼んで、やっちゃったのも団地の部屋。横に、妹寝てて。彼女嫌がってた、最初。でも妹まだ赤ん坊みたいなもんだったから、大丈夫だよって。俺」

何が大丈夫なんだかと、小さく孔太が呟く。

「その彼女って、結婚したい彼女なんじゃないの」

「そう」

「嫌な思い出なの、それ」

わかるような気もしたけれど、孔太の中で整理がついていない気がして佳人は訊いた。

「彼女のことは好きだったよ。ちゃんと」

普段あまり追わないようにしている箱での時間に、孔太が捕まる。

「でも、隣に妹寝てるのにやっちゃったりしたことは……なんていうか」

「……そうだな」

酷なことを聞いたと悔いて、佳人の方から話を切った。

「変わんないんだな、何処《どこ》も。俺も親の帰って来ない団地の友達のとこに出入りしてた」

映画のまま、そこで過ごした時間を佳人も思う。

「二週間くらいだけどずっとそこに閉じ籠もってたよ。家出して」

ただ孔太と違って佳人は、いつでもその時間その場所に気持ちを置く習慣があった。

「佳人さんが、家出」

「しなさそう？」

「めちゃくちゃしそうだけど」

問い返されたらしそうだと気づいたのか、心を戻して孔太が笑う。

「男と寝たのが親にバレた。そんときはゲイだから父親ぶち切れたのかと思ったけど」

今でも悔やんでいるそのときのことを、佳人は言葉にした。

「中三で大学生にやられてたからな俺が。普通にぶち切れるよなそら。今は親ともちゃんとやってる。たまに連絡もしてるし、会ってるよ」

迷惑ばかり掛けた実家のことを思うと、申し訳なさに気持ちが塞《ふさ》ぐ。

「俺が勝手に頭に血が上っただけで、親が怒ったのは相手が男だったことじゃないって考えたらわかった。人の言葉をまともに聞くこともできなかった、十五の俺は」

「そんなに親まともなのに、団地に来ることないだろ」

咎めた孔太に、そうだなと佳人は笑ってアイスコーヒーの汗に触った。

「繭子《まゆこ》……彼女、繭子っていうんだけど。多分佳人さんちみたいな家の子で。団地の子とつきあっちゃダメだって親に言われててムカついたけど、今ならわかるよ。繭子は十五で俺とつきあっちゃ駄目だった」

言葉にしながら、孔太が今初めてそのことに気づいたように心細い目をする。

「欲望のままやりたい放題」

目の前にその時間が反芻《はんすう》されるのを、佳人も止めてやることはできなかった。

「でも俺、大人になったらそうじゃない家が欲しくて。繭子はちゃんとした家で育ったから、繭子ならきっとくれると思って」

「愛してたのか、それ」

かわいそうだと思いながら、それでも佳人が咎めてしまう。

「十五やそこらでわかんないよ」

言ってから孔太は、自分の言葉にはっとして追い詰められていた。

己がわからなかったなら、少女にもわからなかったはずだと初めて気づいてしまって。

黙り込んだ孔太を見ずに、佳人は酷く暑そうな窓の向こうを見た。

何故いつも孔太を傷つけるのが自分なのだろうと、いつでも佳人はそれは自分の本意ではないと悔いる。

けれど何故と問えば理由は、今孔太の一番近くにいるのが自分だからだと知れた。

撮影で遅くなる日が続いて、深夜に佳人《けいと》が帰宅するとリビングの灯りがついていた。

孔太《こうた》は朝早いことも多いので、灯りがついていない日は佳人はそのままバスルームを使って二階で寝ることにしている。


「何観てんの。おまえ」

この時間に孔太が起きていることは珍しいとリビングに入ると、孔太はソファでテレビを観ていた。

「おかえり」

何を観ていると尋ねる前から、音で佳人にはそれがなんなのかわかった。

「この間映画館で観ただろ、おまえ」

テーブルに置かれているのは、佳人の映画のディスクが入っている箱だ。

「一回観たから、観やすいよ」

「つまんないんだろ?」

家で孔太に自分の映画を観られているのは落ちつかず、やめろと目で訴えながら佳人が孔太の隣に腰を下ろす。

「つまんないんだけど、なんか気になって」

「何が」

尋ねると困ったように孔太は、隣の佳人を見た。

「いないって」

言い難そうに孔太が、流れて行く団地の一部屋の出来事を指差す。

「言ってた人、この中にいるの？」

尋ねられたことの意味を、すぐに佳人は理解した。

「あっちこっちにいる。そのままは書けなかったから、バラバラにした」

「そうか」

映画の中に孔太がその人を探していたと気づかされて、佳人が首を傾ける。

「それ気になるの？」

「うん……いないって言ったときだけ、佳人さんなんか」

ぼんやりと孔太は、まだ映像を観ていた。

「なんか、何」

途絶えたその続きが、佳人には酷《ひど》く気に掛かる。

「やさしかったから、どんな人なのかなって」

やさしいという言葉を聞いて、思いがけないほど深い安堵《あんど》が佳人の胸に触った。

「死んだ人にはみんなやさしくなるだろ」

死んだとはっきり言った佳人を、すまなさそうに孔太が見る。

「……ごめん。やっぱり本当にいないんだ。そうじゃないかと思ったのに訊いたりして」

「もう時間経《た》ったから大丈夫。大丈夫って言ったら、あいつに悪いけど」

言いながら無理を感じないことに、確かに時間だけは経ったと佳人は思い知った。

「やさしいか」

与えられた孔太の言葉を、佳人が繰り返す。

「それは良かった。もうそんな気持ちしか残ってないのかもしれないな」

「わかんないのに、気持ち良かった人？」

「そう。どうしたのおまえ、今日物わかりいいね」

否定する気にもごまかす気にも今はなれず、佳人は笑った。

「最近俺、佳人さんの声ずっと聞いてるよ。全部正しく聞こえるときがある」

「それは危険だな」

「俺もそう思う。宗教の人ならもう勧誘されてる」

真顔で孔太は頷いたが、理由は明らかだと佳人が苦笑する。

「おまえ、今までこんな風に込み入った話する相手いなかったんじゃないの？」

「……あ、そうかも」

「だからだよ。初めて人と自分の話してるから、大事に聞こえる」

「ほら」

ほらと言われて、何がだと佳人は孔太を見た。

「今も、佳人さんの言ってること正しく聞こえてるよ。俺」

「俺は十五のときはおまえよりも誰よりもずっとろくでなしだった」

そんな風に信じられてしまっては、同じ頃なら正しさなんか一つも持ち合わせていなかったと、佳人は明かすしかない。

この話を佳人は誰にもしたことがないのに、それでも何故《なぜ》今孔太にするのだろうとは思わなかった。

「佳人さんが？」

「そう。佳人さんが」

何か孔太が、幕を引いているのか開けているのかしているのだと佳人は思う。

孔太が訪れる前と、佳人には見えているものや思うことが違っていた。それは悪いことには思えない。

「仲間がバイクで死んだのさ。とってもいいやつだったのに」

最近聞いた歌を、小さく佳人は口ずさんだ。

「こないだ撮影の打ち上げで、おっさんがカラオケで歌ってた。中学の頃流行《はや》ったんだって」

突然小声で歌った佳人を、孔太は不思議そうに見ている。

JASRAC 出 1704655-701

「昔からずっと、ガキって馬鹿なんだな。全部聞いたけど馬鹿みたいな歌だったよ。馬鹿だと死ぬんだぞ。馬鹿は危ない」

「友達のこと？」

問い掛けた孔太の声が、佳人を咎《とが》めた。

それには佳人も、すぐには答えてやらない。

「ガキの頃から男と寝たくて、男と寝て。父親の逆鱗《げきりん》に触れて逆上して家を飛び出して」

簡単に纏《まと》めると自分が本当に馬鹿だと、溜息が出た。

「転がり込んだ先の、ノンケの友達とやっちまった。置いてくれって言ったらわけ聞かれて、頭に血が上ってたから全部話したんだ」

みんな自分をどうとでも思えばいいと、憤《いきどお》りをぶつけた変わり切らない声を、佳人はよく覚えている。

「男と男でできんのって訊かれて。おまえとだってできるよって。そしたらやってみたいって」

尋ねられたときはまだ自分は怒っていたことも、鮮明な記憶だった。

「やっちゃったら友達は、俺よりトチ狂ってしまい」

短い間に大人のいない散らかった部屋でどれだけ抱き合ったかと、薄暗い窓を思い出す。

「淫欲《いんよく》に耽《ふけ》ってだな。子どもの方が体の気持ちよさに流されちまうんだなって、後から思った」

眉根を寄せて、何も言わずに孔太は佳人の話を聞いていた。

「俺もそいつが好きだったけど、なんていうか」

好きだというとやはりそれは嘘に思えて、気持ちが落ちる。

「子どもなりで。酷いことになった」

「……バイクで死んだの」

歌の通りになったのかと、遠慮がちに孔太は訊いた。

「親、何度も探しに来たんだ。でかい団地のどっかにはいるだろうって、すぐわかったんだな」

それは小さな町一つほどの規模だった団地で、息を潜めていれば見つからずにいられた。

「絶対返さないってそいつ。働いて俺がおまえ養うからって、十五で。義務教育中だぞ？　あいつ、義務教育だって知ってたかな。学校全然行かなかった」

抱かれて囁かれて、何も言えずにただ少年の腕の中にいた自分のことを、死ねば良かったのにと思った日も佳人はあった。

「先輩っていうか、ヤクザだな。ヤクザの使い走りみたいな仕事貰って、無免でノーヘルでバイクで何か運べって言われて事故った。バイクなんか、その日初めて転がしたんだ」

「それを馬鹿だから死んだって言うのかよ」

強く孔太が、佳人を咎める。

「あいつも、俺も、本当に馬鹿だったよ」

そうだと、佳人ははっきり頷いた。

「もっと方法はあった。もしお互いが好きなら待てば良かった。命懸《か》けるほどそんなたいしたもんじゃなかった、俺は」

　窓が開いていることに、風が入って初めて気づく。

「セックスが気持ちよかっただけだ。あいつが朝も昼も俺を抱いて放さなくて、俺は俺でどうしたらいいのかわからなかった」

　暑さに夏を実感して、孔太に火を頼むのか頼まないのか決めなくてはと佳人は思った。

「それを映画にしたの」

　もう孔太の声は佳人を咎めてはおらず、代わりに酷く悲しそうに落ちている。

「ずっと考え続けてるから形にしたかったんだ。形にしたら考えるのが終わるかと思ったんだけど」

　区切りになって思考が止まるかと思った自分の愚かしさに、佳人は溜息を吐《つ》いた。

「それは無理だった。今も毎日考える。おはようやおやすみみたいに考えてる」

　それでもやさしかったと孔太が言ってくれた通りなら、本当におはようやおやすみのように彼を思っているのかもしれないと、わずかに気持ちが凪《な》いだ。

「十五歳であいつと寝て、すごい気持ち良かったよ。泣いて喘《あえ》いで何度もいった」

　肌の内側に今も居残るような少年のことを、佳人が思う。

「だけど俺、本当にあいつ好きだったのかな。あいつは俺のことちゃんと好きだったかな」

繰り返し繰り返し自分に問い掛けてきたことは、何度訊いても答えが出なかった。

「引きずりすぎて憎んだこともあった。だって、たった十五で俺のためだって友達が死んだんだ。今の俺からしたら、俺のために十五の子どもが死んだ」

少しも育たないまま記憶の中にずっと棲んでいる少年を、せめて愛していたならと佳人はいつでも思う。

「好きだったって思いたい。でももういないから、ずっと考えてる。生きてたら別れただろうけど、死なないで欲しかった。十五なりには好きだったんだ」

思考と同じに言葉も同じところを巡っていると気づいて、無理に切った。

「仲間がバイクで死んだのさ。とってもいいやつだったのに」

歌うのではなく、その歌詞を佳人は声にした。

「ガキがバイクで死んでいいやつも悪いやつもあるかよ。……って、この歌作ったやつも大人になったら思ったかもな」

もうここまでと顔を上げて、孔太に笑う。

「そんな気持ちだ、最初の映画は。自分だけ正しいみたいな顔してて恥ずかしいよ」

何を思うのか孔太は、じっと佳人を見つめていた。

「だから佳人さん、あの元彼とか、俺に厳しいの？」

ただ言い難そうに、小さく尋ねる。

「そうだよ」

「でもそれって」

続きを躊躇《ためら》って、孔太は黙ってしまった。

「何」

先を乞うと、責めるようにではなく孔太が佳人を見る。

「自分のことしか考えてないんじゃない？」

教えられて、言葉の率直さにすぐに意味が知れて、佳人は息が止まるほど驚いた。

相手のためだと、自分では思っていた。

好きでもないのに寝て悦《よ》かったら最悪死ぬかもしれないから、そうならないようにしてやっているつもりでいた。

「……ごめん」

けれど孔太の言う通り、十五のときと同じことを受け止められない自分が怯えているだけだ。

遠く離れようとしていたのに、まだ十五のままでいる自分に佳人は真昼なのに視界が暗くなった。

「参ったな……」

謝った孔太に腹を立てるほど、横暴にはなれない。

単純で純粋な孔太は、簡単に佳人を咎める言葉を見つけてしまったことを今更すまながっている。

項垂《うなだ》れた佳人のソファの上の指に、ふと、孔太の指が重なった。

問うように見ると孔太は、責めたことを悪く思って佳人を慰めている。

「俺、その場の雰囲気で女の子孕《はら》ませる男だから」

「……たち悪いよおまえ」

指を繋がれて、佳人は動けなかった。

「ふりほどけない」

他人の体温を、今は佳人の方が求めている。

「おまえはなんで、繭子《まゆこ》ちゃんとつきあい始めたの？」

指をそのままにして、けれど解けない代わりに佳人は孔太の恋人だった女のことを訊いた。

「最初はなんていうか……かわいくて。それだけ」

突然自分のところに話を戻されて、孔太が困ったように答える。

「まあそんなもんだろ。十五なんて」

別に責められるような理由ではないと、佳人は肩を竦《すく》めた。

「でも俺は十五で繭子が現れて、すごいラッキーだと思い込んでた。別れるなんて、考えたこともなかったのに……」

向こうは考えたのだと、孔太の中でそれがやっと現実味を帯びているのが佳人にも見える。

「繭子も俺のこと、ずっと馬鹿みたいだと思ってたのかな」

「……そんなこと」

馬鹿という言葉を聞いて、孔太が何処からか自分の話に完全に同調してすり替えてしまっていたと気づいて、佳人が困り果てる。

「俺は、いなくなっちゃったから。自分がいくつになってもそんときのこと反芻《はんすう》するしかないから。十五のときにはあいつのことも自分のことも馬鹿だなんて思わなかったよ。本当は」

そのときは愛したと思ったし愛されたと思って嘆くばかりだったと、信じていたい気持ちを佳人はなぞった。

「だからおまえの場合は」

「俺の場合は?」

動いている話だと言い掛けた佳人に、孔太がすぐに答えを求める。

「人の気持ちは変わるよ」

それ以上のことを佳人は言えなかった。

もう無理だと半分、孔太もわかっている。

いなくなった猫を孔太があきらめさせてくれたようには、佳人は孔太の思いを切らせてやるつもりはなかった。

それはどう考えても自分のすることではない。

「この映画みたいなところから出たかった。子どもが子どもでいられないような箱」

大人がいないその箱を、孔太は見ていた。

「藺子となら幸せになれると思ってたのに……」

呟く孔太の気持ちも、同じところを巡っている。

「おまえ、そのころよりは大人になったって教えたら。彼女に」

大人にはなっているはずだと、佳人はなけなしの助言を聞かせた。

「大人になったって、思ってたけど。それでも藺子はいなくなった」

それは自分が子どもの愚かさのままだからなのかと、孔太は俯《うつむ》いている。

「俺も、おまえが来るまで自分のこと随分大人になったって思い込んでた」

自分と孔太は全く同じ目線だと、佳人は苦笑した。

指を繋いだままでいたら、体が自然と寄り添った。孔太の頬が佳人のこめかみに触れて、佳人の髪に孔太が触れている。

「……こういうのを、傷の舐め合いという」

育てるの手伝えと瀧川に乞われた言葉を耳に返して、自分には無理だと佳人は知った。

「チビ太はオスだったんだ」

ふとまたこの間の夜と同じことを呟いた佳人に、意味を問うように孔太が顔を覗き混む。

「大人になれば、猫一匹くらいなら守れると思ってたのに」

頼りない孔太の目を間近で受け止めて、ましてや人間を助けたりなど自分にはまだできないと、佳人は思った。

今孔太とこうしていることは、幼い子ども同士が手を繋いで道に迷っているのと同じだ。

「今もできないままだ」

頼まれたことを手伝う力はまだない。

無理だ。孔太のことは断ろうと、佳人は決めた。

しなくてはならない大切なことから、理由をつけて逃げるような罪悪感にただ、目を瞑《つむ》って。

「わざとじゃねえからな」

さいたま新都心駅の近くにある大病院の個室で、横たわる瀧川《たきがわ》を前に佳人《けいと》は椅子に座っていた。

「わざとだなんて思ってませんよ……」

もう七月も半ば近くになって断りの連絡を瀧川にしなくてはと思っていた矢先に、孔太《こうた》のところに瀧川が酷《ひど》い火傷《やけど》を負ったと連絡が入った。

孔太はすぐに病院に駆けつけて、今も黙って窓辺に立っている。

どうしても抜けられない撮影を、佳人は丁度映画制作が終わるまでの最後の役者仕事と決めていて、なんとか集中してクランクアップの花束を貰ってそのままここに来た。

「あんたが青い火がいいって言ったたって孔太から聞いて」

点滴も落ちていて、火傷の痕《あと》を残さないように治療する特殊な塗り薬と布のようなものを、瀧川は右半身の四割近くに這わせている。

顔も半分隠れていた。

「青いデカい火、作ってみてえなって試してたらこのざまだ」

「……‼　本当にすみません！」

火のことを何もわからない自分が迂闊《うかつ》なことを言ったからだと、悲鳴のように言って佳人が床に膝をつく。

「やめてくれよ。あんたが謝ることじゃねえって。火に関してはこっちが玄人《くろうと》だ。俺が抜けてたんだよ。頭上げてくれ」

瀧川にしては随分くどく言葉を重ねてくれて、佳人は完全に下げていた頭をなんとか上げた。

「監督と喋るから、おまえ出てろ」

「でも……」

瀧川が言いつけるのに、窓辺から酷く心配そうに見ている孔太が動こうとしない。

「何がでもだ」

「痛くないんですか」

火傷の大きさを、孔太はひたすら気にしていた。

「……慣れてるよ。見た目ほど酷くねえ。すぐ呼ぶから、監督に飲み物でも買ってこい」

笑われて孔太が、「わかりました」と頭を下げると病室を出て行く。

孔太の足音が離れて行くのを、瀧川は見送っていた。

「喋りにくい。座ってくれ」

乞われて、言葉もなく項垂《うなだ》れて佳人が椅子に尻を着く。

青い火を創ろうとしたと聞いて佳人が酷く狼狽《ろうばい》したのをわかって、瀧川は少し時間をくれた。

外は晴れた夏空で、高い窓越しの青には雲一つない。

「CGが出て来て、この仕事なくなりゃなくなるでいいやと思ってたんだが。減りはしたが、残るようだ」

不意に、瀧川は無関係な話を始めたように佳人には思えた。

「CGのおかげさまで、変わったことがあるんだよ」

半分が覆われている顔で、瀧川がわずかに笑ったのがわかる。

「楽になったんだ」

そう佳人に教えた瀧川の声が疲れていた。

「前は一発撮りで、その絵に操演《そうえん》だってわかるもんが映らないように命かけてた。それが今、どうなったと思う?」

半分しか見えなくても、瀧川が悪戯《いたずら》っぽく笑ったのがわかる。

「あれ映るなあ、まずいな」

ふと、瀧川は自由になる方の左手を浮かせた。

「大丈夫です。チャチャって消しとくんで」

誰かの口調を真似《まね》るように言って、瀧川が左の指を動かす。

「コンピューターでなんでも消せるんだとよ。不都合は」

言われて、それがマウスの動きだったことに佳人は気がついた。

「便利な世の中じゃねえか」

笑おうとして、けれど瀧川は大きく息を吐いた。

「だが、俺は受け入れられないようだ」

呟いた瀧川は、今の今までそれを認めずにいたように佳人には見える。

「頭が堅いんだろうな。チャチャっと消せるようなものに命かけてたのかって、気が抜けちまって」

ぼんやりとあきらめる瀧川に、佳人から掛ける言葉など見つかるはずもなかった。

「俺はずっと現場ごとに人集めてて、人を雇うつもりはなかったんだが。孔太は、飲み仲間の保護司に頼まれて引き取った」

「……そんなとこだと思いました」

ようやく言えることが見つかって、笑おうとした声を佳人が掠《かす》れさせる。

「みんなだいたいあんなもんだ、若いのは。俺もそうだった。早いうちに馬鹿は全部やっといてくれたら、もうしねえだろうと思ってな。一人ぐらい、若いの面倒見てもいいかと思ったときには俺も大分老いぼれてたんだろうなあ」

犬や猫を貰うように決めたと、瀧川は佳人に笑った。

「孔太は受け入れてる。当たり前だ。孔太がうちに来たときには、もうCGでもなんでもあった。俺の昔からの技術と、新しい技術を孔太は上手《うま》く合わせる」

笑っていた瀧川の目が、随分と遠くを見る。

「悔しい話なんだが」

少しずつ、瀧川は言葉を探して選んでいた。

「……面倒見ようと思った孔太が、俺はもう終わりだと教えに来たんだよ」

まだ孔太は知らないのだろうそのことを教えられて、佳人は不用意に泣かないように歯を食いしばった。

「こういうことは順番だ」

何がとは言わず、仕方ないと何度でも瀧川は息を吐く。

「俺、本当に馬鹿なんだなって思ったんですけど」

声を出すと、佳人は喉に石が痞《つか》えたように痛かった。

「いつでも親方に頼めると思ってました」

己の愚かさ、浅はかさを、明かすしかない。自分が泣くようなことではないし、泣いてはいけない。

「俺もなあ、死ぬまで火を燃やしてるんだと思ってたよ」

虚勢はなく、素直に仕事を瀧川は惜しんだ。

「馬鹿はみんなだ。俺もあんたも、孔太もまだまだ馬鹿だ」

孔太の名前を口にした瀧川は、もう養い親のやさしさしかない。

「このままこの大仕事、孔太で頼めねえか」

断ろうと決めていた佳人は、もうどうしたらいいのかわからずに俯《うつむ》いた。

「何をそんなに怖がってる、大丈夫だ。孔太、中に入れてくれねえか。あいつ絶対ドアの向こうにいるから」

揶揄《からか》うように言われて、佳人が椅子から立ち上がる。

ドアを開けると瀧川の言った通り、孔太はその場に立ち尽くしていた。

「……中、入れって。親方が」

小さく告げると、項垂れていた孔太が瀧川の元に駆け寄る。

「そんな顔すんな。おまえだって火傷くらいいくつも見て来ただろうが。たいした火傷じゃねえ」

床に跪《ひざまず》いてベッドに縋《すが》り付きそうな孔太に、幼子《おさなご》にするように瀧川は笑った。

「……仕事、いったん全部止めましょう」

佳人が結論を出す前に、孔太が瀧川に願い出る。

ほとんど父親のように、孔太は瀧川を頼りに思っていると佳人は知った。

火に於いて孔太が堂々として見えたのも、まだ瀧川が必ず守ってくれると思い込んでやれていたのかもしれない。

それは酷く腑に落ちて、孔太が降りたいというのなら仕方ないと佳人も思った。

許可取りした場所は来月で使えなくなって、映画も未完成に終わり資金の後始末も生半可なことではないとわかっているが、それでも仕方のないことだとあきらめる。

あまりにも孔太は、心細そうだ。若さのせいだけでなく、誰かに育てられている最中に寄る辺を失っている。

黙り込んでいた瀧川が、厳しい目をして孔太と、そして立ったままの佳人を見た。

「いつ大人んなる、おまえら。いい加減にしろ」

静かに叱りつけられて、孔太も佳人も言葉が出ない。

息を呑んで孔太は顔を上げて、佳人もベッドに無意識に歩み寄った。

「火は、預けていい人間が限られてる。馬鹿でもいいんだ。浮かれててもいい。だいたい火や発破《はっぱ》扱うと人は浮かれる。怖いからな」

教える瀧川の声が、随分とやさしい。

「だが怖がりも駄目だ」

多くは説明せずに、瀧川は二人を見た。

「絶対に誰も殺さねえって、強く決めてるやつにしか預けちゃ駄目なもんなんだよ。火は」

火は人を殺すのだからと、瀧川が言い聞かせる。

「俺は孔太に、俺の屋号をやろうと思ってる」

ずっとわかってはいたのだろうそのことをはっきり言われて、孔太は何も答えられないでいた。

「あんたも、手伝ってくれ。頼む」

三度目の頼むを、瀧川が佳人に渡す。

まだ自分が子どもだ愚かだとわかっても、だからと言って立ち止まってはいられないと佳人は知る他なかった。

「わかりました」

背を張って答えた佳人を、咎《とが》めるように孔太が振り返る。

た。

「この仕事は、孔太に任せます」

言い放ったら喉の石はもっと痛くなって、佳人は顔を見られないように瀧川に深く頭を下げた。

力のある、知恵のある人間が自分を守る場所に立っていてくれたのは、きっと孔太《こうた》には瀧川《たきがわ》が初めてだったのだろうと、それは今更尋ねなくとも佳人《けいと》にもわかった。

「……少し、休んでもいいですか」

眠いからと病室を瀧川に追い出されて当てもなく歩き出した孔太は、診察時間が終わって人気のないロビーで動けなくなった。

「ああ。なんか、飲むか」

尋ねても孔太は頷かないが、佳人は近くの自動販売機で水を二つ買った。

一つを渡すと、孔太は水を開けずに手に握っている。その力が強いのが、手の甲に浮いた太い筋で傍らに立っている佳人にも知れた。

足場が見えずに、孔太は不安で堪らないのだ。

もしかしたらきちんと大人に大切にされたのも瀧川が初めてで、信じたのも孔太には初めてなのかもしれない。

「おまえの気持ち考えないで、親方に頷いてごめんな」

寄り添うように隣に座って、佳人は謝るしかなかった。

「……佳人さん謝るようなことじゃないよ。親方、最近ずっと気弱だった。わかってたけど、でも俺まだ親方に教わらないとわからないことたくさんあるのに。まだ全然、怒鳴られてばっかりなのに」

いつ大人になると瀧川は怒ったけれど、佳人は今は孔太の嘆きの方がわかる。

「責任負うには、少し早いな」

こんな有り様で孔太と自分で、廃校を一つ燃やせるわけがないとあきらめも湧いた。

あんたも、手伝ってくれ。頼む。

けれど佳人もできもしないのに情に流されて、「わかりました」と答えたわけではなかった。

孔太ならできることを、佳人はもう知っている。

今まで頼りにしていた道を引いていく男の頼みごとを、自分と孔太で形にすることができるはずだ。

「俺は、おまえができないって言うならあの廃校のことはもうあきらめる」

あきらめるならそれは、できることを怖くてしないだけだ。

「……だけどあそこ燃やさなかったら、映画」

「親方にしか火、燃やして欲しくないって最初から思ってた」

意味を理解しない孔太に、佳人がゆっくり言い聞かせる。

「今は、親方が信頼して全部渡そうとしてるおまえに、頼みたい。俺もおまえをもう知ってる。他の人には絶対に頼まない」

できることを怯えてせずに通り過ぎるなど、そんなことは自分もしたくないし、孔太にも決してさせたくないと佳人は思った。

言われたことを理解するように伏せていた顔を上げて、それでも上げきらないまま孔太が佳人を見る。

「俺にできるのかな」

縋《すが》るように訊いた孔太の頬を、佳人は掌《てのひら》で軽く撫でるように叩いた。

「おまえにしかできないって、俺は思っている」

笑った佳人を、いつまでも孔太は見ていた。

「俺はおまえを信頼してるよ」

足りなければ言葉なら今はいくらでも渡すと続けると、声は出せずに孔太が頷いて、力任せにその両腕が佳人を抱きしめる。

抱きしめるというよりは、完全に縋り付かれていると佳人は苦笑してしまいそうになったが、笑わずに孔太の広い背を抱いてやった。

「……っ……」

強く佳人が抱くと、孔太が堪《こら》えられず嗚咽《おえつ》を漏らす。

泣くのを堪えようとしながらあきらめて、佳人の腕を闇雲に摑んで孔太は震えていた。

「俺」

掠《かす》れて上ずった、泣き止まない声が佳人の耳元に落ちる。

「佳人さんの前でいつもこんな……泣いたりホント、したことないんだよ。信じられないよな」

途切れ途切れに孔太は、泣いているのが恥ずかしいのか呟いた。

「いや……ガキの頃も、あんまり泣かなかったんじゃないの？　おまえ」

涙が止まらない孔太の背をゆっくり摩って、顔は見ずに佳人が告げる。

「なんでそう思うの」

「俺のとこ来た晩だって、あんなときに絶対泣きたくなかっただろ。今だって、おまえは泣きたくないのに泣いてる。泣いたことないから、堪え方わかんないんだなって」

子どもの頃にもっとちゃんと泣けていたら、泣きたくないときの堪え方も逃げ方もわかるはずだと、佳人は孔太の背を撫で続けた。

「俺が全部泣かせてる」

「違うよ」

ごめんと溜息を吐《つ》いた佳人に、孔太がすぐに首を振る。

「ずっと、泣いてもしょうがなかった。慰めて貰えるなんて思ってなかったし、馬鹿みたいにカッコつけてた」

「彼女の前で？」

「うん」

「それは普通だろ」

誰かを疑うことでも誰かを信じることでもないと佳人は言いたかったけれど、孔太は唯一無二のように佳人を摑んで放さなかった。

「でも泣きたいときもあったよ」

「じゃあ、今泣きな」

今は仕方がないと佳人が耳元に囁くと、孔太は唇を噛んで肩に強く顔を埋める。

佳人のTシャツが濡れて、肌まで孔太の涙で熱くなった。

髪を抱いて佳人は、何か込み上げるようになる自分の感情は抑えてただ孔太を抱いた。

「ごめん……本当は心細い。不安にさせてごめん。頼りなくてごめん」

「謝るなよ」

「十九で住み込みで始めて……まともな、大人の人」

子どものように思う端から口にする孔太が、何を惜しんで何が辛いのか佳人には伝わる。

「俺、初めて面倒見てもらって。なのに」

「……うん」

そんなにも弱さを晒《さら》す孔太に、安心させてやれる言葉を、せめて慰めてやれる言葉を佳人が探す。

けれど容易には見つからず、佳人は小さく溜息を吐いた。

「俺も、何も言えなくてごめんな。孔太」

この間孔太が、猫はきっと生きていないと言った自分に同じことを言ったと思い出す。どんな思いであのとき孔太が「ごめん」と言ったのか、佳人はよくわかった。

孔太と自分は今、同じ顔をしてる。あの晩のように。

その顔は見えないけれど、同じように不安で同じように支え合っている。

診察が終わったとはいえ看護師や見舞客がロビーを通らないわけではなく、佳人は見ないようにしている通行人を見送った。

これではまるで、場所が場所なので人が亡くなったようだ。

「孔太」

そんなことは構わなかったが、孔太がようやく少し落ちついたので佳人は名前を呼びかけた。

「……何?」

いとけなく答えた孔太の声が、酷《ひど》く掠れている。

「これは、あんまり良くないな」

強く孔太を一度抱いてやってから、ゆっくりと佳人はその体を押し返した。

「俺んちは、出てかないと。おまえ」

こういう状況で仕事をするのなら余計に、家に孔太を置いていていいことはないだろうと考えるのは普通のことだ。

近づきすぎていることを、わざわざ口に出すことはない。

「どうして」

嫌だというように、孔太の声が佳人を責めた。

「俺、おまえのこと頼りに思い始めてるからさ。おまえもだろ。良くないよ」

「良くないかな」

駄々のように声を返す孔太は、納得しない。

「今回おまえに任せることにしたし、次があるかはわからないけど操演《そうえん》があるときはまたおまえに頼むことになるから。仕事相手と同じ屋根の下は良くない」

大仰な理由はつけず、当たり前のことだと佳人は教えた。

「結婚したい子、もう一度話してみたら」

相手のことも孔太のことも考えたらそんな口出しはしたくなかったが、佳人のところを出るなら孔太はしばらくはそこが住居になる。

それならと思って彼女のことを口にした佳人に、少し体を離して孔太はあからさまに傷ついた顔をした。

そんな顔をされても困ると佳人は思ったけれど、孔太がそんな顔をする理由がいつの間にか二人の間に生まれ始めているとも思い知る。

理由があるならそれは、余計にいいことではないと佳人は思った。

漠然とした思いで、理屈づけることはできない。

「おまえ、どう考えても昔かなり悪かったってやつだろ？　今更だけど」

考えることをあきらめて、体力も使う仕事だし居場所は落ちついた方がいいと、可能性は低いが彼女のことを佳人は孔太に訊こうとした。

「……年少も少し、行った。人殴って怪我させて」

何をしたかまでは瀧川は言わなかったが、語られたことは佳人の想像の範疇《はんちゅう》だ。

「年少出てすぐ、保護司に親方紹介された。最初はなんにもできなかったし、怒鳴られて怒鳴り返したり出てったりしたけど。親方のおかげでやっと、まともになれたっていうか」

「それ、彼女疑ってるんじゃないのか。昔のこと覚えてて、おまえがちゃんと変われたか不安なんじゃないの」

言葉に綴《つづ》ったら、そうなのではないかと佳人にも思えてくる。だとしたら彼女は、今の孔太がまっすぐに見られればよりを戻すのではないかとも思えた。

家を出て行って孔太が恋人と結婚したら、少し寂しいと佳人は胸の隅で感じた。

けれどそれは少しの感情だ。一緒に暮らして二月《ふたつき》が過ぎて、孔太は佳人の猫を真剣に探してくれた。孔太は佳人に縋り付いて泣いた。

それだけだ。

「電話にも出てくれない」

「一度会いに行ってみたら」

頼りない声で孔太が言うのに、佳人は自分の寂しさを無理に畳んだ。

「信じてなんかもらえないし……それに、俺がしてることはもう、佳人さんのチビ太探すのと同じだよ」

猫の名前も、孔太は忘れずにいてくれる。

「電話して、メールして、俺は」

声にしながら孔太は孔太で、不意に自分の現状が見えてしまった顔をした。

「それでなんかしてる気になってたけど、二月声も聞いてない。電話もメールも習慣の……まじないみたいなもんだよ」

「だから」

まじないのようだと言わればそれをしていた佳人には、毎日姿を見ている孔太からいつの間にか恋人への執着が薄れていることがわかってしまう。

「会ってみたら。居場所わかんないの」

あきらめている孔太にけしかけることへの罪悪感はあったけれど、家にこれ以上置いてはいけないと強く思う気持ちが佳人にそう言わせた。

自分のことしか考えてないいんじゃない？

触れ合った者に佳人が冷たくする理由を、孔太はそう言っていた。

言われた通りだと気づいて、孔太に酷くすまない。孔太が何か自分の気持ちを動かすのではないかと、佳人は怯えているだけだ。

そう思ったらもう動き始めている気持ちと、目が合ってしまう。

けれど佳人はまだ未熟で罪深い十五のままだ。それも孔太に教えられた。十五のままでは、こんなにも頼りを探している孔太の手を自分だけでとても引けない。

手伝いはできても、守ってやることは無理だ。

「……佳人さん、一緒に来てくれないかな。俺、自分で自分のこと大丈夫だなんて言える自信ない」

呟いた孔太が現実的なことを考えているのに、佳人は安心して微笑《ほほえ》んだ。

「ああ、行くよ。仕事相手だし、おまえの今の状況多少は俺も言える」

丁寧に言った佳人を、孔太がまっすぐに見ている。

頼るように、咎《とが》めるように。

見られたらもう笑うこともできず、やはり自分と孔太は今同じ顔をしていると、佳人は瞳を受け止めることしかできなかった。

もう完全に真夏の色をしている街路樹の中、顔を上げると瀧川《たきがわ》の入院している病院がすぐそこにあると佳人《けいと》は気づいた。

「同じ駅だな」

さいたま新都心の駅を少し離れてから言った佳人に、三日が経《た》ってようやく平日の午後が空《あ》いた孔太《こうた》も意味を理解する。

「ああ……ホントだ。この間は気づかなかった」

辻褄《つじつま》が合わないようで、けれど瀧川の事故の日に孔太がどれだけ我を失っていたのかを佳人はよく覚えていた。

「ここ」

大手銀行の前で立ち止まって、孔太がそこを指差す。

「なんで銀行なの。強盗するなら一人でしろよ」

曇り空が救いだが充分に暑い整えられた路上で、隣の孔太を佳人は見上げた。

「……佳人さん、俺のこと本当は全然信用してないんじゃないの。強盗はしない」

その言いようには孔太も口をへの字にして、都市の名前がついている銀行を見ている。

瀧川が入院した日から佳人は俳優業を休んでいて、時間は大分融通《ゆうずう》が利くので孔太に合わせて彼女を訪ねるのが今日になった。

「俺もどっちかっていうと、貯金するより強盗するタイプだとは思うけど」

孔太は朝早かった現場帰りなのでTシャツにデニムで、佳人も職場が何処《どこ》とは聞いていなかったのでやはりデニムに白いシャツだ。

色の薄い髪を撮影が終わったら切ろうと思っていたのに夏なので纏《まと》めるのが楽になって、人目に付く顔立ちも相まってどう見ても佳人は堅気《かたぎ》ではない。

「一応確認するけどおまえの彼女銀行員なの？」

昔悪かった孔太と十五のときに寝てしまった恋人は、どちらにも申し訳ないが佳人には銀行員というイメージではなかった。

「どんなんだと思ってたの？」

「ごめん。正直驚いてる」

咎《とが》めるでもない孔太に、佳人もそこは嘘を吐《つ》かない。

「まあ、わかるけど。俺も驚いたよ。中学のときは一緒に学校サボって、俺の部屋にいた繭子《まゆこ》が……」

　ぼんやりと孔太は、人出入りの多くはない新しくきれいな建物を眺めた。

「俺は高校は定時制の途中でやめたっていうか、年少行って。親方に言われて夜間入り直した。なんかそのうち役に立つだろみたいに軽く言われて」

「親方らしいな」

　そういう言われ方なら十代だった孔太も抵抗がなかっただろうと、瀧川に佳人は感服するばかりだった。

「うん。……繭子は、そんときも俺驚いたんだけど普通の公立高校に行った。勉強はできたから。そっから大学も行って、就職は銀行」

　遠くに思うように孔太が、見て来た恋人の進路を語る。

「公務員試験、落ちたって言ってた。俺、繭子が高校行ったときも大学行ったときも、繭子のこと何もわからないって……本当は思ってた気がする」

　流れるまま見ていたものが実感になったからか、孔太は疲れを見せた。

　やはり帰ろうかと、佳人は言い掛けた。

　もう一度話してみたらなどと、ただ残酷なことを言ったのかもしれない。

「前と同じなら、受付にいる。俺が中入ったら、繭子困ると思うから」

　行ってみてと、孔太の方から佳人に言った。

「……わかった。なんか写真ないの？」

ならばまだ孔太には未練があるのだろうと理解して、できることがあるならしてやろうと佳人が頷く。

「名札付けてると思うけど。小田《おだ》繭子」

「俺にカウンターの前に立って受付嬢の名札見つめろっていうのか」

肩を竦《すく》めると孔太は、慌てて携帯を出した。

十年つきあっていたというのならそれなりに写真はあるだろうと佳人が待っていると、あまり容量の埋まっていないフォルダを孔太が開く。

「これ、多分一番新しい写真」

この間まで同棲していた大宮の一軒家と思《おぼ》しき普通の家屋の、居間のようなところで写した恋人との写真を孔太は見せた。

酷《ひど》く不思議な気持ちで、佳人はその二人を見た。

部屋着で、彼女は化粧もしていない。日常の中で何気なく撮ったような写真で、若いけれど二人は夫婦で気負いのない家族に見える。

そんなにも親しかったのに何故彼女は突然別れを切り出したのか、孔太でなくとも呆然とするのは写真一枚でわかった気がした。

恋人である以上に、彼女は「箱」に決して戻りたくない孔太の家族だ。

肩を叩く。

「美人だけど、すっぴんの写真見せたらかわいそうだ」

きっと写真を改めて見た孔太も同じ惑《まど》いに囚われていて、気持ちを解いてやるように佳人が
「そっか。化粧してる写真……」

「大丈夫。俺女優のすっぴん見慣れてるから、どう形成されるか想像できる」

笑ってやると孔太もなんとか笑って、緊張しているのだとわかった。

こんな風に身近だった恋人と、二月《ふたつき》ぶりに会うかもしれないのだ。

もう一度孔太の背を軽く叩いて、曇り空の下を佳人が歩き出す。

思えば孔太が家に来た日に、佳人は相談を聞く気もなかった。答えられないし、関わり合いになる意味がわからないほど孔太は他人だった。

余計な世話を焼いて恋人との仲裁《ちゅうさい》をすること自体佳人には全く得手ではないが、それでも労を割《さ》こうという気持ちになるくらいには孔太は今近くに居る。

二人の写真を見たら、最初に孔太に散々なことを言って泣かせたことも酷く悔やまれた。伴《はん》侶《りょ》と思って寄り添っていた人に、理由もなく家を引き払われた直後だった。

十五なんて、人間前だろ。人生の伴侶決められないよ。

人よりは与えられない十五を過ごした孔太に、一般論を佳人は押しつけた。

「……酷いこと言った」

話をろくに聞きもしなかった自分を責めて、溜息を吐く。

少し躊躇《ためら》ってから、銀行の中に佳人は足を踏み入れた。

冷房が強く効いていて、ソファで待っている人々の何人かが佳人をじっと見る。

サングラスは嫌いだし銀行に帽子では本当に強盗だと佳人は思ったけれど、いつまでも見ている人々は何処かで見た顔だと思っているようだった。

「そんで名前が出て来ないんでしょ。知ってる」

そのくらいの知名度なのは自覚していて、構わずカウンターを眺める。

似たような容姿の制服の女が並ぶ中に、佳人はすぐに小田繭子を見つけた。

写真で見た長い髪が、後ろにきれいに纏められている。化粧はされていたが、元々の顔が清《せい》楚《そ》に整っているのでそんなには変わらない。

彼女の手が空くのを待って、適当に記入用紙を持って佳人は受付に近づいた。

「いらっしゃいませ。番号札をお取りいただけますか?」

やさしげな笑顔で、繭子は佳人を見上げた。

「すみません。銀行に用じゃなくて、あなたに用事なんですが。小田繭子さん。お仕事の後お時間いただけないでしょうか」

丁寧に尋ねたものの、自分が今すぐ人を呼ばれる風体《ふうてい》だとは佳人も自信がある。

「久《く》賀《が》孔太の友人です」

友人という言葉はすんなりと佳人の口から出て、繭子の顔色が良くない方向に変わった。

終業時間になるのを待っていてくださいと丁寧に言われた場所は、新都心駅とアリーナとを繋ぐ広いコンコースだった。

待ち合わせはできるが人の足が途絶えないので、警戒心もある上に賢いのだろうと、佳人《けいと》は何故繭子《まゆこ》が十五歳のときに孔太《こうた》に近づいたのかが謎になった。

「……何かしたの?」

コンコースの手すりに背を預けて、佳人は目の前の繭子と孔太の会話はなるべく聞かないふりでいようとしていた。

話をするのは孔太に頼まれたらのことでもっと離れていたかったが、繭子が孔太を見るなり困惑を深めたので仕方なくここに立っている。

「いや、佳人さんは今度一緒に仕事する映画監督で。何かはしてないよ」

「心配させないでよ……」

本当に孔太が何かしでかしたと思い込んでいた繭子の安堵に、顔色が変わったのは意外にも心配の方向だったと佳人は知った。

「もしかして、前に言ってだつきあってる男の人？　私が、本当なら連れて来てって言ったから？」

一緒にいる佳人がなんなのかをずっと考えていたのか、はっとしたように繭子が孔太に尋ねる。

「そうじゃなくて」

「馬鹿ね。こんなきれいな人が、いきなり孔太とつきあうわけないじゃないの」

そういえばそんなことも佳人に頼んだと思い出したのか必要以上に狼狽《ろうばい》した孔太に、酷くやさしく繭子は笑った。

愛情はまだ充分あるように、佳人には見える。

「……テレビに出てる方ですよね？　すみません。こんなことにつきあわせて」

手すりに寄り掛かっている佳人の方を見て、シンプルな私服がよく似合う繭子はすまなさそうに頭を下げた。

「俺はただ、ここまでついて来ただけで。そういう話じゃないんですよ。よく聞いてやってください」

そう繭子に頼んで、佳人は自分の言葉と自分の声の馴染《なじ》まなさと、相反する近さに驚いた。

こんなお節介を言ったこともないのに、孔太のために言葉を添えるのは自分にはもう当たり前のことだと気づく。

頼れる者をまた必要とする孔太の訪れで、佳人は立っている場所から変わった。

話を聞いてやってくれと言ったのに、孔太は久しぶりに会った繭子を前にろくに何も言えないで立ち尽くしている。

「子どもがいらないっていう意思表示ならもういいのよ。孔太にはどうでもいいことだっていうのは、よくわかった」

「子どもの話は、そう言ったら繭子が喜ぶと思っただけで俺は本当に」

「もう別れたの。孔太が自分の子どもが欲しいとか欲しくないとか、私にもどうでもいいことになった」

それでも言葉を探そうとした孔太に、静かだけれどはっきりと繭子は告げた。

唇を嚙んで、孔太はもう言葉が見つからないでいる。

「……初めて会ったのに、口挟んでごめん」

小さく手を挙げて、佳人は繭子の気を引いた。

「孔太は多分、十五の頃とは全然違うよ。大人になったし、仕事もちゃんとしてる」

やはり自分には似合わない台詞《セリフ》だったが、これを伝えるためについて来たのだと佳人も丁寧に綴《つづ》る。

「ごめんなさい。それももう、どうでもいいんです」

きついまなざしも見せず微笑んで、繭子の心は揺らがなかった。

「十年も一緒にいたんでしょ?」

そこまで言ってやるつもりは佳人にもなかったが、見せられた写真の中の繭子は孔太の唯一の家族だったのだ。

家族に切り捨てられて声も出ない孔太は、憐れだ。

「そう……もう家族みたいだったけど」

ぼんやりと繭子の目が、ひと時だけ過去を惜しむ。

「家族にはなれないって、気づいたんです」

その言葉は孔太にも佳人にも教えてはいなくて、繭子は自分に伝えていた。

「私、行くね」

目も合わせず言い置いて、繭子が駅に向かって駆けて行く。

待っても言えずに、孔太は後ろ姿さえ見なかった。

「……簡単に、あきらめるなよ」

繭子に孔太への愛情はあるように見えて、けれど推測を声にはできずそれだけ佳人が呟く。

「簡単になんか、あきらめてないよ。もう二月《ふたつき》も、どうしてって考えて」

疲れたと、孔太は大きく溜息を吐《つ》いた。ようやく顔を上げて、もう繭子のいない駅の人混みを見ている。

「十五のときからつきあい始めて、年少行ったとき以外は二月会わなかったことなんかなかった。大宮の家で一緒に暮らし始めたのは繭子が大学卒業してからだから……三年か」

時間を孔太は、言葉にして整理していた。

「薄情だな、俺も。他人みたいに見えた」

ぽつりと孔太が、自分を見失って呟く。

「なんで一緒にいたんだろう。十五歳で、人間前だったからかな」

「……悪かったよ。あんなこと言って」

独りごちた孔太の気持ちを引き戻すように、佳人は腕を摑んで引いた。

腕を取った佳人を見た孔太が、困ったように笑う。

「そうじゃなくて」

責めたのではないと、孔太は首を振った。

「だとしたらかわいそうなことした、俺。繭子に」

「終わりみたいな顔すんな」

「俺」

家族を一人あきらめたような寂しさで、孔太が佳人を見る。

「繭子しかいない世界に住んでて、その繭子に拒まれて」

腕を摑んでいる佳人の指を、そっと孔太は取った。

「でも、佳人さんといることに慣れた。なんかそれも、薄情っていうより悲しい気がするけど」

手を外されて、自分の力が強く籠もっていたことに佳人が気づく。

「慣れたっていうか……」

当《あ》て所《ど》なく孔太が歩き出すのに、佳人も隣を歩いた。

「このまま佳人さんのとこにいたいって思ってて、少し。……大分《だいぶ》」

駅に向かいながら、さすがに佳人も今日孔太に出て行かせるつもりはない。

「良くないのかな。それ」

ふと、立ち止まって孔太は、佳人を振り返った。

「……楽に、流れるなよ」

まっすぐに孔太に目を向けられて、口にした言葉が馬鹿みたいだと佳人は思った。

瀧川《たきがわ》に、みんな馬鹿だと言われたが、通り一遍でさえない言葉しか出て来ない自分が、一番愚かだ。

「全然楽じゃないよ。佳人さんといるの」

大人のような目をして、孔太が笑う。

「しんどい」

息を吐いた孔太に言えることが見つからず、佳人はそっと肘を押して、帰ろうと促した。

「でも、佳人さんいなかったら俺、今世界を終わらせるスイッチ押してる」

手元に孔太が何かを見ている。

「あ、映画の話か」

それが自分が創っている映画の中のスイッチだと、孔太が独りごちるまで佳人も思い出せなかった。


想像以上に孔太《こうた》にとっての繭子《まゆこ》の存在は大きく、だからこそその拒絶に孔太は自分を見失う。この家に来た日も、孔太はそうだったのだと佳人《けいと》は改めて知る他なかった。自分の方が孔太を見失わないようにしなくてはと、その方法がわからないまま二人で夕飯を家で済ませた。

「俺、ちゃんと世界を終わらせなくちゃ」

皿を拭いてコーヒーをいれ始めた佳人の後ろで、ソファにもたれている孔太が不意に呟く。

「……物騒なこと言うなよ」

「そうじゃなくて、佳人さんの映画の火」

ゆっくりコーヒーを落としている佳人に、孔太は言った。

「親方の創った佳人さんの火、もう一度見たい。観ていい？」

さっきまでほとんど喋らなかったのに、その声はもういつも通りに思えて、佳人も頷くほかない。

「好きに観て」

答えると孔太は、棚から佳人の映画を取り出してデッキに入れた。

そういうものの扱い方はなんでも簡単に覚えるのか、佳人が教えなくとも孔太はデッキもリモコンも迷わず操作する。

コーヒーをカップに移してテーブルに運ぶと、映画はまだ始まったばかりだった。

「目の前で見るのやめてくれよ……」

カップを押して飲めと目で言いながら、思わず佳人がぼやく。

「そんな普通のこと思うんだ？」

揶揄《からか》うように、孔太は笑った。

「でも、佳人さん最初に思ったより全然普通かも。慣れただけかもしれないけど。最初わけわかんなかった」

「……でしょうね」

素直な第一印象をくれる孔太に、それは自分のせいだと佳人も反省する他ない。

「ごめんな、孔太。俺、おまえ来た日酷《ひど》かった」

最初から拒んでいたし、知るつもりもなかった。

「俺がその前に居酒屋であったとき、すごい失礼なこと言ったから。来た晩だって寝室行って……」

そこまで言ったら孔太は最初の晩にしでかしたこととしてもらったことをリアルに思い出したようで、噎《む》せて顔を伏せた。

それを思い出されると、存分に傷つけた分佳人の方がばつが悪い。

「おまえはちゃんとノックしたよ」

招き入れたのは自分だと、佳人は溜息を吐《つ》いた。

「まだ全然、ガキなんだな。俺。おまえの言う通り、自分のことしか考えてなかった。ごめん」

「なんでそんなに謝るの。俺、そんなにボロボロに見える？」

隣から不意に見られて、佳人も否応なく孔太を見る。

「見えるけど、謝ってるのはおまえがボロボロだからじゃないよ。あのときは俺が酷かった」

「ボロボロかな、俺。だったら、甘えさして佳人さん。もう少しここにいてもいい？」

状況には似合わない気軽さで、孔太は笑った。

「ああ。もう少しな」

結局瀧川《たきがわ》に頼まれたとおり、操演《そうえん》の撮影が終わるまでは孔太を置くことになるのだろうと佳人がカレンダーを見る。

目の前の来月、八月には全てを終わらせなくてはならない。

「俺、やっぱりこの映画あんまり好きじゃない」

いつの間にか映画に視線を戻していた孔太が、独り言のように呟いた。

「ここにいてもいいかと言いながら、俺の映画を罵《ののし》るのかおまえは」

「どうしてもガキの頃思い出す」

軽口で言った佳人に、そうではないと孔太が笑う。

「繭子《まゆこ》だけがきれいでやさしくて繭子がいたから俺、まともになったのに。確かにボロボロなんだけど、繭子のことがなんかぼんやりしてる」

今日再会した繭子の輪郭の曖昧《あいまい》さを、孔太の言葉が辿っていた。

「……十年か。数えもしなかったけど。別れてって言われるまで」

繭子と過ごした時間を、孔太が口にする。

「恋人っていうか。十年も一緒にいた人間に、もう一緒にいられないって言われた。俺。どうでもいいって、今日言ってたな」

与えられた言葉を食《は》み返す孔太の横顔を、佳人は見つめた。

「理由を、繭子は一度も言わない。だけど十年一緒にいた人間が俺といられなくなる理由知らなかったら、それまたやるんじゃないかって。怖いよ」

当たり前の不安を、孔太が声にする。

「違う誰かともし、一緒にいるようになったとしても。同じことになるんじゃないかって、怖い」

「それは……不安だろうな」

孔太の不安を理解できても、もちろん佳人に繭子の気持ちがわかるはずもなかった。

黙って、ソファに並んで二人は映画の続きを観ていた。

孔太がぼんやりしているので、佳人も隣で観ていられることは気にならない。

不意に、テーブルの上に置いた佳人の携帯が振動した。黒い画面の上に、一哉《かずや》の名前が浮かび上がる。

留守番電話の設定をしていないので、しばらく携帯は振動して名前は消えた。

「なんで、佳人さんは理由言わないの」

間が悪いところに一哉からの着信があって、孔太がそのことを思うのは当然だった。

「……理由、言った方がいいと今のおまえは思うんだろうけど」

問い掛ける孔太を、佳人も責めるつもりはない。

「そういうのはやっぱり、人それぞれなんじゃないの。一哉さんは、聞きたい理由じゃない気がする」

尋ねた孔太も咎めてはおらず、何故そうするのかを教えて欲しいと、ただ佳人を見ていた。

委ねようかと、佳人は思った。

別れようと自分が決めたときのことを一哉に話すべきなのかを、孔太に。

「一哉さんがいたから、チビ太拾えたんだ。千葉で、飼ったらいいよって一哉さんが言ってくれた」

前にも話したことを、孔太に教える。

「チビ太いなくなって一週間後くらいに、一哉さんがここに来て、やりたいって言うんだ」

抱きしめられたときの胸がざわつく思いを、佳人は思い返した。

「チビ太がいないのに気がついてくれなくて。俺はずっとチビ太のことを考えてて泣きたいのに、セックスしたいって言うんだよ」

「チビ太いないって言ったの」

ほんの少し、孔太の声が佳人を責める。

「いや」

首を振って、佳人は答えた。

「なんで」

「気づいてくれると思った」

「だけど言いもしないでわかれって言われても」

どうしても孔太は、一哉の側に気持ちが立ってしまう。

「言いたくないし寝たくなかった。少しもしたくないのに、感じてるふりをした」

孔太がそう考えるのは当然のことだと、佳人も思った。

「時々窓の方、見てた」

だから孔太にそのままを教えるのが辛い。

いつの間にか詰めていた息を、孔太は吐き出した。

「……聞かされたら、辛いな」

目を伏せて孔太は、手元を見ている。

映画が終わりに向かっていて、孔太の見たがった火に近づいていた。

「本当言うと、わかんなくなったんだ」

佳人が呟くと孔太が、何と問うように顔を上げる。

「チビ太が怪我してて、一哉さんが飼えばいいよって言ってくれた。獣医探してくれたんだ。怪我だけじゃなくて、色々診てもらったらいいって」

四年前、ただ一哉が好きだったときのことを佳人は思い返した。

「この家借りるときも、一緒に見てくれた。一哉さんには俺よりがっちりマネージャーついてるから、嫌がられたけど気にするなって。猫が飼える一軒家がいいって言ったら、できるだけ古い家がいいよって。不動産屋にどう話したらいいとか、細かく考えてくれた」

そんなにも頼らせてくれる一哉は、佳人には何もかもが見えている大人に思えた。

「俺はチビ太を見てたときに、自分がその怪我治せるなんて考えもしなかった。だから、一哉さんについていけば必ず間違いないって信じた」

なんでもと、呟いたら佳人は己のその思い込みには呆れるほかない。

「でも愛してないのに寝ているときに、もう間違えてるって気づいて」

熱を持たない肌を抱く人を、近いのに遠くに感じることは佳人にはやり切れなかった。

「この先は一緒に行けない。守ってもらうことも、守ることもきっとできないって思った」

愛情はきっともっと前からなくなっていて、気づいたのがそのときだったのだと、取り戻せない時間を心の中で辿る。

「俺には難しいよ。そんな難しいこと言われたら、困る。何も」

まるで自分がそう告げられたように、孔太は悲しそうな目をした。

「守るなんてできない」

力のなさを打ち明けて、孔太が唇を噛む。

「ごめん、こんな話聞かせて」

自分もまた守れないと孔太がすり替えてしまうのは想像がついたはずなのに、尋ねられるまま語ったことを佳人は悔やんだ。

「……俺が、訊いた。なんでって」

やはり一哉には言わない方がいいと、孔太を見て決めることをすまなく思う。

「チビ太は最期まで見たかったんだ。俺」

猫に固執するわけを、佳人は孔太に教えたくなった。

「死んだ友達の部屋に、猫がいたんだ」

教えたいというのとは違う。

「野良猫を二人で部屋に入れた。仔猫だった。チビ太って名前は、あいつがつけた。ごはんやって、ままごとみたいに飼ってた」

一度も誰にも聞かせたことのない猫のことを、佳人は孔太に聞いて欲しくなった。

「突然友達が死んで、俺は家に帰されて。もうその部屋には近づけなくなって」

その小さな猫を思い出すと泣いてしまいそうになったけれど、堪《こら》えるすべを佳人は身につけている。

「ずっと誰も帰って来なかった部屋で、チビ太はどうしてるのかって。猫だけ引き取らせて欲しかったけどそんなこと言えなくて」

喉の奥に石を呑むようにして、声だけを外に出した。

「大人になったら、猫くらいは守れると思ってた」

映画は終わりに近づいて、海が燃えるのを佳人がぼんやりと眺める。

「今でも猫一匹守れない」

その火の中には、もういない友人も小さな猫も消えていた。

「泣いたら。佳人さんも」

「なんで」

ソファにもたれたまま佳人が、孔太に笑う。

「泣きそうな顔してるからだよ」

不安そうな目で、孔太は佳人を見ていた。

「泣いたらきっと止まらない。チビ太も何処《どこ》に行ったかわからないし、あいつの部屋にいた仔猫もどうなったかわからない。……なんか不思議だな」

何故今この話を聞いてそんな風に自分を見ているのが孔太なのだろうとは、今更本当は佳人も思わない。

「ついこの間だ。おまえと出会ったの。出会いはお互い最悪で」

けれど出会い頭のことを思えば、たった二月《ふたつき》でこんなにも近くに孔太がいることを、不思議だとは言いたくなった。

「なのに俺は自分の話を、おまえはおまえの話を。誰よりもしてない？」

「うん」

「景色が変わるときに、たまたま会ったのかな」

燃え尽きる海が凪《な》ぐのを、佳人は見た。

「景色？」

「今まで見えてたものが見えなくなる。見えてた顔が見えなくなる」

ほら、と、何もなくなった海を佳人が孔太に指差して見せる。

「疲れてめんどくさくて、悲しくて、世界なんか終わればいいのに。そんなとき」

ソファの上に戻った佳人の指を、孔太の指がぎゅっと握りしめた。

「佳人さんは、今スイッチがあったら押す?」

世界を終わらせるかと、孔太が尋ねる。

「そうだな。押すよ」

「じゃあ俺も押す」

お互いにたいした迷いもなく言って、二人して笑った。

「そんなもんかもな。二人なら押しちゃえるのかも。簡単に」

「佳人さんは……たくさん考えるんだな。自分のことも人のことも」

深い藍色の海が平らかなのを見つめて、孔太が指を握ったまま佳人の肩に額を寄せる。

「そういうとこがきっと好きだったよ、きっと。体が気持ちいいだけじゃなくて」

「……俺の、友達のこと?」

肩に在る孔太の体温が心地よくて、自分も慣れてしまったと佳人は気づいた。

「いつまでもちゃんと考えてくれる。映画にもしてくれた」

「嫌いだって言ったくせに」

「好きじゃないけど……全然おもしろくなかったって言っただけで、嫌いだとは言ってないよ」

指を取っていた孔太の指が、やがて佳人の腰に掛かる。

「今もまだ、佳人さんは考えてる」

心臓の音を聞くようにして、孔太はいつの間にか佳人を抱いていた。

「時々だ」

「考えてて欲しい。俺も佳人さんのそういうとこが……好きだ。俺のことも考えてくれてる。ありがと」

佳人がいれたコーヒーがすっかり冷めているのを、孔太が眺めている。

「自分のこと考えてもらえてるのが、嬉しい。俺」

離れずに孔太が言うのに、突き放す気持ちにはなれず佳人は黒い髪を抱いた。

「……また、ガキみたいだって思ってる」

「思わないよ、もう。段々、おまえの質問に答えられなくなって来た」

「なんでも答えてくれてるよ」

与えられた人肌を盲信する孔太を、咎《とが》めるすべは見つからず佳人がただ髪を撫でてやる。

少しだけ長く生きている分答えられることがあったとしても、どうしても正解を渡せないことが一つあった。

「……キスしていい?」

自分自身のことだ。

「駄目だよ」

「どうして」

今孔太が縋《すが》り付いている自分に触れたい気持ちは、佳人にははっきり見える気がする。

「言っただろ。切りがないから。おまえはやりたいときにやる男だな」

「やりたいとき以外いつやるの」

ふざけて躱そうとした佳人に、孔太は不思議そうに訊いた。

「それは駄目なの？　佳人さん」

稚《いとけな》い声に問われて、何が駄目なのか佳人もすっかり見失ってしまいそうになった。

「本当は俺にももう、なんでおまえとキスしちゃいけないのか全然わかってない」

硬い孔太の髪に指を絡めると、孔太の体温がわずかに上がった。

「でも、おまえのことは守らないと」

出会ったときには、こんな風に揺れるつもりは少しもなかったはずなのにと、儘《まま》ならなさが佳人の胸に不安を呼び込む。

孔太にははっきりと求めていた家族が、求めていた家がある。

今お互いが触れている体温に流されるのは簡単だったけれど、佳人は孔太の欲しい幸いは自分が渡せないことはわかっていた。

守ることと幸せにすることは同じことだ。

「猫も守れないけど、親方に頼まれてるし」

今日こうしているのは、孔太が傷つき果てたからだ。だから孔太を見失わないようにしないといけないのは自分だと、決めたことを佳人が思い出す。

せめて己がもう少し大人だったなら、猫くらい守れていたらと、胸の隅で佳人は思った。猫くらい守れていたら、今だけは孔太の求める肌をやってもよかった気がするけれど、守れないからそれはあげられない。

「二人でする最初の仕事、ちゃんとやろう」

胸にいる孔太にわからないようにそっと、佳人は抱いている髪にくちづけた。

普段とは違う角度から孔太を見て、うなじに酷い火傷《やけど》の痕《あと》があることを初めて知って息を呑む。

黒髪が少しだけ長いのは、その痕を隠しているからだと佳人は今更気づいた。

操演《そうえん》の責任者が孔太《こうた》だと決まって佳人《けいと》がそれを伝えると、慌ただしく祐介《ゆうすけ》が動き出した。

八月のいつにするのか、どういう人材をどれだけ集めるのか、宿や交通の手配、そしてそれらの予算をどう収めるのかの全てが祐介の仕事だ。

「流れるかと思ったよ。いや全然思ってなかったけど、ギリギリ過ぎるよお二人さん」

責任者の決定が遅すぎると、打ち合わせの江古田《えこだ》の喫茶店で祐介は文句を言ったが、実のところ祐介はこういった急な動きには慣れている。

業界の物事はギリギリに動いたり流れたりすることが多く、決まり次第漏らさず纏《まと》める能力に祐介は長《た》けていた。

「消防署と警察署への届けは久賀《くが》くんとまた相談させて。それ以外の最低限のこと今決めて。全部決めて」

窓際の四人席で佳人の隣に座った祐介が、タブレットを開いて佳人の向かいの孔太の返事を待っている。

「危ないからじゃなくて、青い火はやめたいです」

考え込むように黙り込んでいた孔太が、汗をかいたアイスコーヒーには手をつけずに言った。

「火は赤い火がいい。リンじゃ世界は終わらない」

もう決めごとだというように、孔太が佳人に告げる。

瀧川《たきがわ》が火傷《やけど》を負ってまだ五日目で、火の色の話を二人は詰めていなかった。

「だけど、赤い火にすると勢いが強くなるんじゃないのか?」

どう受け取ったらいいのかわからずに、佳人が尋ねる。

青い火を創ろうとして瀧川が事故を起こしたのなら青い火は危険だろうが、青い火と赤い火の違いを佳人は現場を見た日に孔太に説明されていた。

「どっちみちあの規模を一度に青い火で燃やすのは無理です。少しずつ燃やしてつぎはぎにするか、ＣＧか」

「どっちもいやだ」

説明されたら、それは欲しい火ではないと佳人にもすぐにわかる。

「だろ？」

何が不満だと、不思議そうに言った孔太の敬語が完全に飛んでしまった。

そんな顔をされたら、自分が案じていることが佳人の中で明らかになってしまう。

「……親方、なんであんなことになったんだ？」

青い火を創ろうとして、それでどうしたのかを結局自分はわかっていないと、佳人は改めて孔太に尋ねた。

祐介はアイスコーヒーを飲んで、成り行きを見守っている。

「リンで燃やそうとしたら一気に高温になって、軽い爆破が起きたんだけど離れるのが遅れたって言ってた」

「おまえはどうするの？　火との距離とか。赤い火にしたら、なおさらどうなるかわからないってことだよな」

丁寧に説明されて、リアルにその事故を佳人は想像した。

「わからなくないよ。火の温度はちゃんと理解してる。距離だってきっちり取って、間違えたことはない」

「おまえまだ六年目だろ？　間違えたことないって」

「どうしたの。佳人さん」

いつもとは違う不安に声が尖る佳人に、そのわけを孔太が問う。

理不尽な険を突然見せた自覚はあって、落ちつこうと佳人は長く息を吐いた。

「……おまえ、うなじの火傷どうしたの」

黒髪で隠れているけれど随分酷い火傷を、佳人が指差す。

隠せていたつもりだったのか、咄嗟《とっさ》に孔太は後ろ首を右手で押さえた。

やがて、見られたことをあきらめたように溜息を吐いて、その手を降ろす。

「セットの大きな建物燃やすときに、銅のパイプを這わせて燃料を送るんだけど。灯油にガソリン少し混ぜる。それを送るのに、うちでは鞴《ふいご》で空気圧を掛けて量を調整する」

やり方を聞くのも佳人は初めてで、孔太の声がしっかりしているのに逆に不安を煽られた。

「空気圧の調節に失敗して、燃料を送り過ぎた。三年目のとき」

それで充分だろうというように、孔太が話を終わらせる。

「それで、どうなったの」

「火が突然大きくなりすぎて、熱風で鞴に触れなくなった。でもそのまま燃料が送られ続けると大爆発が起きるかもしれなかったから、咄嗟にその辺のパイプ摑んで鞴に挟んで燃料を止めたんだけど」

淡々と語るのが仕事だし、そうすることで相手を安心させられると孔太はもう学んでいるようだったが、正面から続きを待っている佳人の目を見て一度息を吐いた。

「結局、小さな爆破が起きて逃げ遅れた。首だけじゃなくて、背中も焼けたけどそこは皮膚移植したよ。ここはたいしたことなかったんでそのままにしたんだ」

「たいしたことないって……」

ケロイドとしか言いようのない火傷の痕《あと》がたいしたことがないのなら、背中はそのときどんなことになったのか佳人には想像もつかない。

「おまえがそんな事故起こしたなんて話、聞いてない」

「もう三年経ったし、それ以来一度もない。親方にも目茶苦茶怒鳴られた。輔には誰よりも慎重になったから、却って安心してもらっていいよ」

「それは確かにそうだなあ。一度事故ったり失敗したやつの方が、したことないやつより安全だぞ」

一般論で、祐介が仲裁に入った。

「それが経験になるならいいけど、取り返しのつかないことだってあるだろ」

「本当に、どうしたの佳人さん」

「今回は初めての規模のはずだ。大き過ぎる」

「佳人さん」

心配というより恐怖に近づいた想像に言葉が止まらなくなった佳人の前に、孔太が掌《てのひら》を置く。

俯《うつむ》いていた佳人の目の前に、孔太の手が現れた。

ゆっくりと顔を上げると、孔太は落ちついたまなざしでしっかりと佳人を見ている。

「そういう心配は自分でする。これは俺の仕事だから」

子どもに言い聞かせるように、孔太の声は決して怒ってはいなかった。

「大丈夫だよ」

あやして寝かしつけるように、やさしく穏やかだ。

今自分の不安が行き過ぎたことを、佳人も自覚する。それでも胸に広がった負の思いと想像は、簡単には片付けられなかった。

「ごめん。ちょっと俺の視界に入らないとこに行って。五分でいいから」

テーブルに肘をついて、両手で佳人が頭を抱え込む。

「五分でちゃんとする」

二度頼むと、孔太が静かに立ち上がったのがわかった。

離れて行く孔太の足音が、佳人の耳にやけに大きく響く。

「五分じゃ無理だろ。……久賀《くが》くん！　メシ食って来て。領収書貰って来てね‼」

わかりましたと小さく孔太が答えて、ドアベルが鳴ると店は静かになった。

「ゆっくり気持ち立て直して。俺、計算機叩いているから」

何も気にしていないという声を祐介に聞かされても、佳人は頭を抱えたまま顔を上げられない。

「……この間、事故ったばっかの親方見たから。生々しくて。孔太のうなじの火傷も酷いんだよ。あんな場所……」

「一応、久賀くんの言葉のまま言うけど。そういうことを心配するのはあちらのお仕事」

言い訳をぐずぐずと綴《つづ》った佳人に、祐介がすぐさま正論を返した。

「わかってるよ！」

正しさに腹が立ってほとんどテーブルに突っ伏していた体を起こすと、本当に電卓を叩いているのかと思った祐介は、頰杖をついて何故だかやさしい顔で笑っていた。

「いくつんなった、同期」

不意に、祐介が佳人に歳《とし》を訊く。

「何言ってんだ同期、三十一だろ」

「俺おまえと出会ったっつうか、初めて話したの大学一年のときじゃん。十八歳」

大学一年生の、まさにこの江古田での時間を祐介は口にした。

「あの頃は神経質で癇癪持ちで臆病で、こいつ長生きしないだろうなって思ってた」

「……酷いな」

そんな有り様だった自分は佳人も忘れてはおらず、返せるのはその程度だ。

「だけど、歳なのか仕事のせいかすっかり図太くなって、俺は良かったたって思った。それでいいし、そういう風にしてないとおまえ死んじまうからって」

「そういう風？」

言われていることは漠然と佳人にもわかったけれど、雑で無神経なところも多い祐介が、そうやって自分を見ていてくれたことは初めて聞いた。

「なんだろな。こう、秤《はかり》みたいなの持ったなあって思ったときがあって。何年か前に。二十五過ぎてからだな」

「秤？　量り？」

天秤か重量計かと、佳人が手で仕草をして尋ねる。

「どっちでもいいんだけどさ。それで量って、こういうことはここに。こういうときはこう。こういう感情には近寄らない触らないって、おまえは決めたんだなってなんか思ったんだよ」

確かに佳人はここのところずっと、祐介の言うように物事をきちんと整理していた。

いつ何がきっかけでそうするようになったのかは、佳人にもわからない。恐らくは一度理性的にことを分けてみたら気持ちが楽だとわかって、そのままそうする癖がついたのだと今自分でも気づいた。

それって自分のことしか考えてないんじゃないの？

困ったような孔太の声が、佳人の耳元に聞こえる。

「ちょっと前のおまえなら、久賀くんの言うことちゃんと納得して心配しないんじゃないかな。心配してもしょうがないし、心配したって自分にはできることがないってわかってたはずだ」

言い当てられた自分に、佳人はなんの反論もできなかった。

「でも心配ってそういう風にするもんじゃなくね？　て、俺は最近おまえを見ると思ってたよ。おまえの感情何処《どこ》だよって。あるのは俺は、知ってたけど」

おまえの創ってるものも見てるしねと、祐介が肩を竦《すく》める。

「感情のコントロールがやけに上手になりやがって、ダメージ受けないのが上手《うま》くなりやがって。おまえが楽ならいいけど」

ふと、祐介はそれこそ心配そうに言葉を切った。

「……楽ならいいけどって思いながら、楽ならいいのか？　って思ったりしてた」

全くらしくない、それを教える躊躇《ためら》いが祐介の声を低くする。

「最近、全然楽じゃないよ。見ての通り、すっかり参っている」

そのままに弱音を、佳人は曝け出した。

「いいと思うよ、たまにはそういう元々のおまえもさ。おまえ、そういう人間だから」

でもたまにしとけと、祐介が笑うのに佳人もようやく笑う。

緑の蔓を這わせて日除けにしている窓の方を、佳人は見た。

ここで瀧川から孔太を預かったのが五月だ。二月《ふたつき》で自分は、随分と脆くなってしまった。

「物事をきちんと割り切って、それで正しく生きていると思ってた」

けれど祐介の言う通り、その脆さは避けてきたことだけれど悪いことではないと、己でも思える。

「正しさだけで、誰も生きてないな」

「そうそう。だから法律が必要なのです」

あっけらかんと祐介が言うのに、佳人は可笑しくなって笑った。

「なるほど」

不意に、テーブルの上に新しいアイスコーヒーが二つ置かれる。

「氷が溶けたから、サービス」

見上げるとマスターが、珍しく少し笑っていた。

「ありがとうございます」

「……ぼちぼち、新しいコーヒー豆見つけておいて。阿川《あがわ》くん」

静かに言い置くと、いつものように愛想なくマスターがカウンターに戻ってしまう。

振り返ると豆を一粒一粒分け始めたマスターは、いつの間にか随分と年老いていた。初めて佳人がこの店に来た日から、十三年になる。

「……はい」

頷きながら、けれど気持ちを落ち着けるために落とす新しいコーヒー豆を、佳人は探すつもりはなかった。

景色が変わるときが訪れている。ここがなくなってしまうのなら、自分も違う景色に行くしかない。

できることなら、今よりは少し見晴らしのいい場所へ。

お盆過ぎに操演《そうえん》の撮影が決まって、まだ入院中の瀧川《たきがわ》を佳人《けいと》は報告がてら見舞った。

両親を訪ねるとき以外はすっかり足が遠のいていた埼玉にここのところ度々来ているが、短い間にこの新都心駅は何度目だと夕暮れの往来を歩く。

繭子《まゆこ》はまだ勤務中だろうかと、ふと、公園と呼ぶにはタイルが多い場所で足が止まった。勤務先がすぐそこだ。

あれから孔太《こうた》は電話もメールもしない。携帯を気にすることもない。

今回の操演のことに集中していて、もう佳人に口出しさせる隙も見せなかった。

「……もう、いいのかなあいつ。あんな大事な子」

ここを通り掛かったらどうしても、孔太の家族でしかない繭子との写真を思い出さずにはいられない。

家の中で二人でいて、孔太と佳人の距離は自然のことのように近づいていた。

何か一つのことが簡単に次へのきっかけになるだろうけれど、佳人には大きな躊躇《ためら》いがある。

繭子は女であった以上に、孔太が欲しいと思った家に住むはずだった人だ。孔太にとってはきっともう住んでいた人で、孔太が失ったものは大き過ぎて、佳人はそれを自分が請け負えるとはとても思えなかった。

何も、孔太は繭子と話せていない。

「……あの」

不意に後ろから声を掛けられて、驚いて佳人は振り返った。

「阿川《あがわ》さん」

名前を知ってくれたのか、夏の夕方に馴染むやさしい声を繭子が聞かせる。

「どうも」

帰宅時間だったようだが、不意討ちに佳人は狼狽した。

「また、何か孔太に頼まれたんですか？」

「いや、たまたま近くに用があって」

咎《とが》めるでもなく言った繭子に、佳人の方が酷く言い訳じみる。

「本当だよ」

重ねたら自分でもまるきり嘘に聞こえて、佳人は溜息を吐《つ》いた。

「……良かったら、少し話さない？」

この間会ったときも最初から心配していた繭子は、やはり今も孔太への情があるように見えて、このまま別れる気になれずに佳人が公園を指差す。

「俳優さんと外でお話しして、大丈夫ですか？」

「俺そんなに有名じゃないよ」

悪戯っぽく繭子が笑うのに助けられて、佳人は彼女を伴ってベンチに腰を下ろした。

少し離れて並んで座ると、話さないかと言ったのは自分なのに何を言ったらいいのかわからない。

夏の夕暮れの、誰かがアスファルトに水を撒いた埃のような匂いが佳人のところに届いた。

都内とはその匂いはまた違って、懐かしい。

「結婚なんて、言い出すような人じゃなかったのに」

不意に、独り言のように口を切ったのは、繭子の方だった。

「それは、十五じゃわからないよな。どんなだったの、孔太。出会ったとき」

興味だけではなく、佳人が尋ねる。

ずっと佳人が不思議だったのは、今の清楚で聡明な見た目と恐らくはそんなには変わらない中学生だった繭子が、荒れていたのだろう孔太に近づいたことだ。

「かっこいいけどすごく怖い人で、でも小さな妹をかわいがってました」

考える時間は必要なく、繭子はすぐにその頃の孔太を言葉にできる。

「やさしい人なんだと思いました。それで好きになったんです。十五歳なんてそんなもの」

「そうだね」

語られた孔太への幼い思いは、逆に驚くほど普通の中学生らしい恋心だった。

「なんで君は孔太のとこにいたの？　あいつ怖かったんでしょ？」

遠慮がちに、佳人が一番わからないことを問う。

「……家に、いたくなくて」

躊躇ってから、正直な理由なのだろうことを、繭子は明かした。

「これは孔太には言ったことないです」

「そうか」

どれだけ好きだったかと語られることを無意識に望んでいた自分を、佳人は叱咤した。訊かなければ良かったと後悔する。

自分も繭子と全く同じだった。何不自由ないように見える家に、そのときいられなかったからいられる場所に転がり込んだだけだ。

思い返すと、同級生の部屋を選んだ理由がただそれだけだったように感じられて来て、佳人の気持ちが沈む。

「阿川さん、本当に私に会いに来たんじゃないんですか？」

俯《うつむ》いて黙ってしまった佳人に、不思議そうに繭子は訊いた。

「そこの病院に、見舞いに来た帰りで。でも君のこと思い出して、ここで立ち止まってたのは本当にそう。孔太が、君が一緒にいられなくなった理由を知りたがってたから」

けれどこれ以上繭子から孔太への言葉が必要だとは、もう佳人には思えない。

「だけど、無理に言わなくてもいいと思うよ。俺も別れた元彼に理由、言えてないし」

「……元彼？」

切り上げようと少し早口に言った佳人の言葉を、繭子は拾った。

「もしかして阿川さん、本当に孔太とつきあってるの？」

「まさか」

違うよと佳人が笑おうとすると、繭子の顔に隠しようのない嫉妬のようなものが映る。

「……君、まだ孔太が好きなんじゃないの？」

見逃さずに佳人が尋ねると、繭子の頬がカッと赤くなった。

「違います。好きじゃないけど、十年も一緒にいたのにもう恋人がいるんだって思ったら」

首を振って畳みかけるように言った繭子の感情は、ごく当たり前のものに佳人には思える。

「恋人は勘違いだよ。俺と孔太はそんなんじゃない」

「でも、孔太が大事なのね」

何をもって察するのか佳人には全くわからなかったが、繭子の言ったことは当たっていた。

佳人にはもう、孔太は大事だ。大事な何なのかを、知ろうとせずにいるけれど。

「阿川さんが別れた恋人に、理由を言わないのはどうして？」

「それは」

尋ねられて佳人は、孔太に聞かせた理由を思い返した。

「ものすごく、自分本位な理由だからだよ」

けれどあのとき声にした訳はそのままだったけれど、それが全てではないと一哉《かずや》との距離が離れるほどに気づかされる。

「私は自分本位だとは思いません」

繭子の声が、少し佳人を咎めた。

ほんの短い時間、繭子が足下を見て考え込む。

「孔太と今、話します。ここに呼び出してもらってもいいですか？」

「いいけど……自分で連絡したら？　俺、このまま帰るから」

突然決めごとをされて、佳人は良いことにはならないとしか思えず首を振った。

「連絡先全部消して、メールも電話も着信拒否してるんです。本当にもうわからないの。孔太の連絡先一つも」

「……だったら、そのままでも」

そこまでしたのなら、もう元に戻ることはないし理由も散々なものだろうと、立ち止まったことを佳人が心から悔やむ。

「今阿川さんと別れたら、私孔太に連絡しようと思ってももうできない」

「じゃあ、俺と番号交換して。どうしてもって思ったら俺に電話してよ。仕事でしばらく一緒にいるから、あいつと。０９０……」

引かない繭子に佳人の方が引いてしまって、携帯の番号を教えた。

着信させて返して名前を登録しようとしたところで、繭子が何か思い切るように大きく息を吐く。

「今、孔太を呼んでください。お願いします」

疲れているようで、彼女の声は毅然としていた。

「私も前に進めてないの」

静かに言った言葉を、どうしたらいいのかわからずに佳人が聞く。

「ここにいてもらえませんか？　孔太と二人きりになったら、自分が止められる自信がないんです」

「よりを戻すっていうこと？」

そうであって欲しいという思いと、だったら孔太は繭子と暮らすだろうという複雑さに苛まれながら、佳人が問う。

「電話してください」

「もう少し、考えたら」

問いかけには答えない繭子に言われて、思いもしないほど孔太が傷つくことになるのが佳人には何より怖かった。

「阿川さん、怯んでる。孔太のためね」

それをそのまま、繭子に見透かされる。

「阿川さんがここにいたのに」

笑う繭子の目は静かで、何かを決めたなら孔太を幸せにすることであって欲しいと、佳人は願うしかなかった。


丁度瀧川《たきがわ》の事務所に四駆の車を戻していたという孔太《こうた》が新都心に着くには、一時間も掛からなかった。

けれど伝えた公園に現れた孔太の顔を見て、ここで立ち止まったことを佳人《けいと》は何度でも悔やむ。

佳人以上に、孔太は怯えていた。

「ありがとう。来てくれて」

ベンチから繭子《まゆこ》が立って孔太と向き合うのに、佳人は立たずに沈黙する。

「話って？」

もう孔太の声には、期待はなかった。

この間と変わらない繭子の表情から、ある程度彼女の気持ちは察せられることなのかもしれない。

「一年前に、弟が死んだの」

夏だけれどさすがに少し日が傾いて、夜の訪れを知らせるように公園の街灯が灯った。

「……弟？」

酷《ひど》く不可解そうな顔を、孔太はしている。

「一度も話したことなかったけど、私弟がいたの。十歳のときに生まれて来た。名前は空《そら》」

何処《どこ》に向かう話なのか全くわからず、座ったまま佳人も息を呑む。

「誰も来ない告別式で、私も久しぶりに弟の顔を見たわ。ほとんど会ったこともない」

目を伏せて、繭子は長く息を吐いた。

「人より色んなことができないの。そういう風に生まれて、施設にいた。ずっと。亡くなったのは、自分で壁にぶつかったんですって。打ち所が悪かったそうよ」

「ごめん。全然知らなくて」

「話してないから、当たり前よ」

笑おうとして、藺子が自分の腕を強く摑む。

「空が生まれて、私の家は目茶苦茶になった。私も何度も、施設に入れることになるまでも、お父さんとお母さんは毎日酷い言い争いをしてた。空はどうして生まれて来たんだろうって思った」

恐らくは声にしたことのない思いに、藺子の声が高く掠《かす》れた。

「お父さんは、何度かお母さんのせいだって言ったの。お母さんの親戚に、空みたいな子がいるからって」

具体的な言葉を、藺子は使わない。

「そしたら私も同じようなことが起こり得るのかって、怖くて堪らなくて。それは確かめたこともないの。子どもは絶対に生まないって、孔太に会う前から決めてた。十二歳で決めたのよ。初めて生理が来た日に決めたの」

誰にも言わずに来たのだろうに、そうして強い言葉を選ばずに内省する習慣がついているのだと、聞いていて佳人には藺子の聡明さが辛かった。

「空みたいな子がいらないんじゃないの。どんな子どもでも私は怖い」

もちろん孔太は、佳人にはとても見ていられないような後悔で自分を責めて、立ち尽くしている。

「だって空は」

冷静であろうとする繭子の声が、上ずった。

「お父さんにもお母さんにも、私にも何度もいらなかったって思われた。何もわからないまま誰にも愛されずに壁にぶつかって、死んだらみんなほっとしたの」

彼女が叫び出さないのが不思議なほど左の肘を摑んでいる右手が震えていたけれど、それを抑えることもまた繭子には習い性なのだと知れる。

「最期に初めて、じっと空の顔を見た。私の弟。なんの罪もない空」

堪えられずに、その顔を思い出した繭子の頬を涙が伝った。

「なのにずっといなければいいと思ってた。私は私が一番怖い。絶対に誰かの母親になんかなれない」

「……そんなときに、俺あんなこと言って」

子どもが欲しいから結婚したいと孔太が繭子に言ったのは、その後ということになる。

巡り合わせの悪さは誰のせいでもなく、聞いている佳人はただ息を詰めた。

「私は空の話をしてないから。できなかった。孔太が好きだったから知られたくなかった。その度に思った。私なんて酷い人間なんだろう」

「繭子」

孔太は謝りたいのだと、佳人にはわかる。謝りたいけれど、足りる言葉が見つからない。

「でも本当は、孔太に一番聞いて欲しかったの。私の一番醜い気持ち、辛くて堪らない気持ち孔太に話したくて。言えなかった」

「本当に……ごめん。繭子」

それ以上孔太に言えることがあるはずもなく、見ていられずに佳人は俯《うつむ》いた。

「子どもが欲しいって言われて、別れようって決めた。子どものことじゃないの。私、孔太が好きだけど憎くて堪らないって気づいたの」

ふと、泣いていた繭子の声が静かになる。

「あなた最初、ろくに避妊もしなかった」

取り返しのつかないことは、弟の話ではないと自分でも気づいたように、繭子は力が入らなくなったのか大きく右手を落とした。

「私は何度も嫌だって言った。孔太は聞いてくれなかった。だけど大好きな人に触られて、私も我を失った」

「……俺のために我慢してたの?」

意味を取りかねて、孔太が尋ね返す。

街灯に羽虫が飛び込む音が聞こえて、繭子はその光の方を振り返った。

「我慢はできなかった。あのとき私はあなたが好きで、触れられたらすごく気持ち良かったの。驚いたわ。私はそんな子じゃないと思ってたから本当に驚いた」

重ねられた言葉を、孔太がちゃんと理解することは無理だろうと、聞いていて佳人が思う。

「たった十五で知りたくなかった。男と寝たくなかった。十五で私は、自分を淫売《いんばい》なのかと思い込んだ」

孔太のために繭子を止めたかったが、自分にそんな権利がないと佳人は唇を噛んだ。

「十五であなたに抱かれてあんなに感じたことはすごく怖かった。子どもができるかもしれないことよりずっとずっと怖かったのよ」

叫ばない繭子の悲鳴は、孔太の胸を深く抉っている。

「私、あなたをすごく憎んでる今」

過ぎた言葉に、呆然としているのは繭子の方だった。

「止まらないの。憎んでるって気づいたら憎むことが終わらないの」

小さく言ってもう孔太を見ずに、横を擦り抜けて繭子が走って行く。

公園の外には、暗く深い夜が降りていた。

立ったまま繭子の去って行った方を見ている孔太に、佳人は歩み寄った。手を取るといつでも体温の高い孔太の肌が、酷く冷えている。

手を摑んで佳人は、動けずにいる孔太をベンチに座らせた。

「……淫売って、どういうこと」

隣に座った佳人を見ないまま、独り言のように孔太が呟く。

「淫《みだ》ら、かな。ふしだらとか……」

「それって」

一度に投げられた繭子の感情を、孔太は理解し切れていなかった。

「好きでもないのに感じたってこと？」

「好きだったから気持ち良かったんだって、言ってたよ」

他人だし、それは自分も持っていた感情なので、佳人には繭子の気持ちがはっきりとわかる。

「それが怖かったの？　繭子は」

教えていいのかと、佳人は迷った。

わからないでいる孔太に、恋人だった女の怖さを。

「わかるなら、教えてよ。佳人さん」

佳人を見て、孔太は答えを求めた。

「子どものうちに男と寝たくなかったって、言ってた」

自分が決めることではないと、溜息を吐《つ》いて繭子の言っていたままを孔太に伝える。

ようやく十五の自分が何をしたのか思い知って、孔太は大きく息を呑んだ。

「ごめん。親方に報告に来て、夕方。それで俺がここで立ち止まったから。彼女のこと考えて

て……」

偶然だったけれど、偶然ではなかったと佳人が気づく。

孔太のことを考えて、佳人はここで繭子を無意識に待ったのだ。

「佳人さん悪くないよ。全部」

首を振って孔太が、笑おうとしてもちろん笑えない。

「俺が悪い」

それだけははっきり言って、孔太は俯いた。

「……大丈夫か」

「それはもう、死にたいよ」

「孔太」

名前を呼ぶことしか佳人にはできない。

「死にたいけど……俺、繭子の言葉聞かないといけなかった」

まだ受け止め切れてさえいない言葉を、けれど孔太は呑まなくてはと足掻いていた。

「弟のことも、知りもしないで」

「孔太」

「名前も今初めて聞いた」

受け止めるには十年という時間は長過ぎて、その間繭子が隠し続けていた名前を聞くのは肌を火が這うよりきっと孔太には痛い。

「辛い話だけど、それはおまえのせいじゃない」

ごく当たり前の言葉しか見つからず、不甲斐なさに佳人は唇を噛んだ。

「繭子が嫌だって言っても、気持ちよさそうだから繭子もしたいんだって思った。俺。それで子どもが欲しいから結婚しようって……っ」

「孔太」

「こんなに馬鹿なままじゃ、いつまでも誰のことも幸せにできない」

気持ちを引き留めようと佳人は名前を呼んだけれど、取り戻せない愛情、まだ残っている憎しみを、孔太は見ている。

「おまえたちの箱は、必要な箱だったんじゃないか」

そんなにもずっと見ていては孔太が持たないと、佳人は無意識に背を摩った。

「どうして？」

答える孔太の背中も、汗が冷え切っているだけでなく冷たい。

「おまえも、彼女も、ちゃんと大人になって生きてるから」

そのときはその逃げ場が繭子にも必要だったはずだと、佳人は思った。

「俺は必要だったとは思わない。繭子にも、俺にも、佳人さんにも、死んじゃった人にも誰にも」

不意に、孔太は少し声を大きくした。

「いけないことしたのは、みんな同じだ。生きてるのも死んでるのもたまたまだ。子どもしかいない箱にいたのはみんな同じだよ。俺は」

必要だったと言った佳人を、孔太の声が酷く責める。

「繭子には本当に悪かったと思ってる。二度と同じことしない。同じように誰かを傷つけない」

決めごとを口にして、孔太は大きく首を振った。

「今の俺は本当にまだまだ馬鹿だ。子どもが欲しいなんて言葉繭子に聞かせる前に、きっと佳人さんが言ってたみたいなシグナル……繭子はたくさん出してた。いつ、どんなときだったかも思い出せる。なんだろうと思ったけど俺は聞いてやらなかった！」

何も言ってやれることは見つからず、佳人が孔太の目をただ追う。

「だけど十五の自分を責められない。佳人さんもだよ。みんな子どもだったはずだ」

咎《とが》められて佳人が、孔太が自分の言葉の何を責めたのかを知った。

「必要な箱もいらない箱もないよ。箱はみんな箱なんだよ……っ」

佳人のことも、死んでしまった佳人の同級生のことも、幼い者の全てに孔太は罪がないと言う。

「俺は絶対子どもを子どもだけにしない。そういう大人になる。今から考えられることはそういうことだろ」

語気が荒くなったことに、はっとして孔太は佳人を見た。

「ごめん、俺」

もうなんの強さも見せない頼りない声で、孔太は謝った。

「佳人さん巻き込んだ、自分のしんどさに。ごめん」

項垂《うなだ》れた孔太の手を引いて、肩を静かに佳人が抱く。

「違うよ孔太。おまえ、今怒ったの俺のためだろ。おまえらはありだけど、俺たちはなしだったって言ったんだな。俺」

その箱の中に子どもだけで存在する誰にも罪はないと、佳人は初めて孔太に教えられた。

「十五で、ありもなしもないな。箱はみんな、同じ箱だ」

いくらかは落ちついて、やさしい気持ちが残って、ずっと静かに思い出せるようになっても。

自分には罪はなかったと、考えられたことは佳人には一度もなかった。

「今ここに、世界が終わるスイッチがあれば迷わず押すのに」

前を向こうとしたはずの孔太の思いは簡単に砕け散って、佳人の肩から動けなくなる。

縋《すが》り付く力もない孔太は言葉では十五の自分を責められないと言いながら、繭子との十年を悔いでいっぱいにして己を咎めて震えていた。

「でもスイッチはないよ、孔太」

作り事だと教えるのは、佳人も辛い。

強く佳人は、ただしっかりと孔太を抱いた。

嗚咽を堪えることを覚えてしまった孔太の髪に頬を寄せて、夜を知りながら佳人も動くことはできなかった。


現場に這わせるパイプの長さを測りに行くと孔太《こうた》が言うので、佳人《けいと》は一緒に廃校に来た。

厚い雲で空が覆われていて八月なのにおかげで暑さがやわらいでいたが、今にも雨が降りそうだ。

敷地の中を歩いてメジャーで丁寧に測って回っている孔太を見つめながら、佳人は雑草の茂っている地面に足を伸ばして座っていた。

俳優業を休んでも公開前作品のプロモーションの細かな仕事はあったが、測りに行くという孔太に佳人は無理矢理ついてきた。

繭子《まゆこ》の言葉を聞いてから、孔太は家でもずっと言葉少なだった。

時々繭子の言葉に孔太が捕まっているのが、同じ部屋にいると佳人にもわかる。

捕まらないのは無理だけれど、もうどうすることもできない。

おまえはもう考えなくていいとその度言葉が佳人の喉まで出掛かったが、それを自分が声にするには繭子の抱えてきた思いがあまりに重かった。

「一雨来そうだ。当日こんな天気だったら困るな」

一通り測り終えたのか、メジャーとノートを持って孔太が戻って来る。

三階建ての校舎と体育館を眺める佳人の隣に、孔太は腰を下ろした。

「お疲れ」

「測っただけだよ」

少し汗を掻きながら、たいしたことはしていないと孔太が笑う。

笑った、とその横顔を佳人が見つめていると、孔太のまなざしがまた沈んだ。

「燃やしちゃうのか」

何か惜しそうに、孔太が廃校を眺める。

「ここが世界の全部なら」

広いとは言えない敷地を、孔太は見渡した。

「このくらいなら俺にも守れるのに」

守れなかったと孔太が思っている人のことを、佳人も思う。

「何もシグナル見落とさない。全部大切にする」

孔太が反芻しているのだろう繭子の言葉を、佳人も一つ一つ思い出した。

「酷《ひど》い思いさせない」

「……燃やすのやめようか」

ふと、思いも掛けない言葉が、佳人の口をついて出る。

「ずっとここにいようか」

衝動的な感情なのに、本当にそうしたいと思って佳人は孔太に笑った。

笑った佳人を、孔太が振り返る。

長く孔太は佳人を見て、それでも迷いを見せなかった。

「俺そうしたい、すごく」

ほんの少し穏やかに、孔太が首を傾ける。

「でも、銅のパイプを這わせて燃料を調合して鞴《ふいご》で送って、ここを燃やさないといけない」

決めごとを、孔太は静かに口にした。

「どうして?」

「どうしてかな」

苦笑して孔太は、仰向けに倒れた。曇った空を、眩しそうに見上げている。

「なんの罪もない空《そら》」

ずっと繰り返し聞いているのだろう繭子の声を、孔太は空に放った。

「俺、繭子の声聞けて良かった。聞かなきゃいけなかった。ずっと繭子は叫んでたんだ」

淡々と呟いた孔太の手を、佳人がそっと繋ぐ。

「もうこのままここにいたいよ。こうやって」

繋がれた指を見て、孔太は独り言のように言った。

「だけど佳人さんに手繋いでもらってこのままずっとここにいたら、駄目だ」

疲れて枯れた孔太の声には、それでも強い力が滲んでいる。

「俺は俺のしなきゃいけないことをちゃんとしなきゃ」

自分に言い聞かせる孔太の指を、佳人はただ放さずにいた。

その指先に大粒の雨が落ちてきても、二人とも動けない。

前に進めていないのと言った繭子は今頃どうしているだろうかと、佳人は彼女を思った。

声を放ったことで少しでも彼女が楽になっていたならと一番に願っているのは間違いなく孔太で、その願いに寄り添うように佳人も横たわる。

降り注ぐ雨の生まれる空を、濡れながら佳人も見上げた。

もうすぐ家にあるコーヒー豆がなくなるけれど、買い足さずに今のことを考えたい。

残り少なくなった豆を夕方のキッチンで眺めて、佳人《けいと》はそれを棚に戻した。

お盆が近くなって東京も今日は夕立が降って涼しくなったので、リビングの窓を大きく開ける。猫を探すのはやめたつもりでいたけれど、庭を見れば待ってしまうのは仕方なかった。

孔太《こうた》はきちんと仕事をして、今もずっと守れなかった小さな世界のことを考えている。佳人はただ、そうする孔太のそばにいるだけだ。

テーブルで携帯が振動して、見ると一哉《かずや》の名前が浮かんでいた。

今度電話があったら出ようと、佳人は決めていた。

私は自分本位だと思わないと言った繭子の言葉に、佳人は自分がどれだけ自分のことしか考えていなかったかを思い知らされた。

一哉と話さなくてはならない。

手に取って佳人は右の耳に携帯を当てた。

「……一哉さん?」

覚えのある一哉の声が、すぐに返る。

「近くにいるの?　話したいと思ってた」

撮影で近くまで来たと気楽に言ってくれた一哉に、寄るように佳人は乞うた。

電話を置いて、佳人はコーヒー豆を戻した棚を振り返った。

いつもの習慣の中に自分を置いて気持ちを整えることをせずに、まだ残してしまっていることと向き合おうと決める。

明るい気持ちにはなれなかったけれど、インターフォンが鳴ってそれでも佳人は玄関に向かった。

「久しぶり」

ドアを開けると、目の前に言葉通り久しぶりに思える一哉が立っている。

以前と同じようには見えず、佳人には一哉はもう随分と遠かった。

「会ってくれると思わなかったよ」

「入って」

相変わらず佳人はTシャツにスウェットの部屋着だが、撮影の帰りだという一哉は襟のついた服を着ている。

「冷たいお茶でいい?」

冷蔵庫の前に佳人が立つと、すぐ後ろに一哉は立った。

「何もいらない。佳人、ちゃんと話がしたいだけだ」

会うのは一月《ひとつき》以上空いていて、一哉の声がいつものように軽くならない。

「親戚の子どもは出てった?」

振り返れずに、佳人は答えた。少し怖くて、動けない。

「……ううん、あいつ全然子どもじゃないよ」

「まさか本当に、あの子にしたの？」

問い掛ける一哉の声が聞いたことがない低さで、佳人は息を呑んで冷蔵庫を背にして体を返した。

「ちゃんと、話さなくてごめん。俺が別れたいのは、一哉さんが悪いんじゃないんだ」

目を見て声にしたら、心でずっと一哉を責めていたけれど、本当に自分が悪いのだと佳人ははっきりわかった。

まっすぐ目を合わせると、酷く思い詰めていた一哉のまなざしがいくらか和《やわ》らぐ。

「チビ太、いなくなった」

告げると、一哉が顔色を変えて部屋を見回した。

「いつ」

「最後に一哉さんと寝た、一週間前。その窓開けてたら、いなくなっちゃった」

風を入れている窓を指した佳人に、一哉が指の先を見る。

「……ごめん、佳人。あのときおまえ、嫌がったのに」

「ううん。理由、言わないでごめん」

「本当に悪かった」

心からその日のことを一哉が悔やんだのが知れて、佳人は心がないのに一哉と寝たことをすまなく思った。

「あの日、俺、役降ろされて。それでおまえに会いたかった」

「え？」

訪ねて来てすぐに佳人を抱いたわけを、一哉が口にする。

「ずっとやりたかった、小説の映画化の主役」

「ほとんど決まってるって……」

言われれば話が進んでいる気配がしないと、佳人も気づいた。

「劇団上がりの突然売れ出した個性派に取られた。こういうことあるのがこの仕事だけど、参ってて。それでどうしてもおまえに甘えたかったんだ」

「俺」

「謝らないでくれ。俺もおまえにその話しなかった。プライドがあったし、嫌なこと……おまえを抱いて忘れようとしたんだ」

ごめんなと、一哉がもう一度謝罪を口にする。

立ったまま向き合って話しているけれど、座らない方がいいと佳人は思った。

「恋愛って、始まるのは瞬間的なもんかなと思うんだけど……こういう人だから好きとかさ、好きになるとき考えてなくない？」

　純粋に一哉が好きだったときが確かにあって、そのときの気持ちをたぐり寄せようと佳人が静かに入って来る夕方の風を眺める。

「なのに俺、一哉さんのこと好きな気持ちに理由つけてた。一哉さんについてけば大丈夫だって、勝手に信じて。チビ太拾ったときに」

　せめて今猫が帰ってくればと、薄いカーテン越しの庭木に姿を探した。

「その理由、好きになった後からつけたはずなのに。それ裏切られたって思ったら、好きじゃなくなった。俺が勝手なんだ」

　けれど猫は、帰って来ない。

「ごめん」

　謝ることしか、佳人にはできなかった。

「多分、随分前からお互い嚙み合ってなかったんだと思うよ」

　切なそうに、一哉が溜息を吐《つ》く。

「俺、おまえで最後にしようって思った。恋人」

　溜息は一哉に似合わないものなのによく馴染んでいて、佳人は恋人の弱音を見せられることが少なかったのだと知った。

「男と女なら、結婚して落ちつく歳《とし》だろ？　そういう風に、おまえを伴侶《はんりょ》にしようと思った。

愛してたし、きれいで、話す言葉もどれも好きだった」

触れたいとそんな風に、一哉の指が浮く。

「だけど俺もいつの間にか、そのことだけに固執《こしつ》してた気がするよ」

その指は自ら、佳人に触れずに留まった。

「おまえを手放したくなかった。もう新しい恋人を探すのはいやだった。だからおまえをできる限り甘やかして、他の男じゃ満たされないように」

指をきつく、一哉が握りしめる。

「甘やかすのは、簡単なんだよ。愛情がなくてもできることなんだ」

告白は懺悔に近く、一哉がそれを教えてくれたことを佳人は恨まなかった。

一哉が言うように、二人はきっととうに擦れ違っていた。分岐点が何処《どこ》なのかはわからない。

それさえも遠く、見えはしない。

「こんなに離れたら、もう無理なんだろうな」

思い切るように、一哉は指を降ろした。

「帰るよ」

笑ってくれた一哉に、佳人も頷く。

玄関まで送ると、靴脱ぎに降りる前に一哉は佳人を振り返った。

じっと見つめられて、意図がわからずに佳人も一哉を見る。

ふと手が伸びて、一哉は強くはなく佳人を抱きしめた。

「……一哉さん？」

抱かれて、佳人はどうしたらいいのかわからない。

「言葉みたいには、気持ちは割り切れない。今でも好きだよ。放したいわけじゃない」

肩先で声を聞かされて、佳人も今も一哉が好きだと知った。

「俺も、一哉さんのこと好きだよ。嫌いにはなれない。ならないよ」

違う答えを期待するように、抱いたまま一哉が佳人の目を見る。

「友達には戻れない？」

いつかは自分が無理だと思ったことを佳人が乞うと、一哉が悲しそうに笑った。

「それは無理だ、佳人。俺は今も、おまえにキスしたいと思ってる」

頬を抱いて一哉が、未練を教える。

「キスはできない」

一哉の指に指を重ねて、佳人は首を振った。

足音が近づいたと思ったら、玄関の鍵が外から開けられてドアが開いた。

レギュラーの現場から帰った孔太が、目を見開いて佳人と一哉を見ている。

すぐに言葉が出るような孔太ではなく、玄関から一哉に強いまなざしを向けた。

「親戚の子ども、帰るとこないの？」

笑って一哉が、佳人から手を放す。

「親戚の子どもじゃないです」

靴を脱いで上がると、孔太は今一哉が放した佳人の指を無意識のように摑んだ。

「今ね、佳人もそう言ってた。君、子どもじゃないって」

苦笑して一哉が、玄関に降りて靴を履く。

「佳人」

振り返らずに一哉はドアを開けた。

「さよなら」

声だけが残って、ドアがゆっくりと閉まる。

佳人の指を摑んだまま、孔太はいつまでもドアを見ていた。

「自分のもんみたいな顔すんなよ。同じ顔の若いのに乗り換えたと思われるだろうが」

「……そうだったらいいのに」

戯《ざ》れ言《ごと》ではなく、孔太が呟く。

溜息のように笑って、佳人は孔太の陽に焼けた顔を眺めた。

「なんで同じ顔だと思ったんだろうな」

初対面の印象は一哉と同じ顔だったことが、今では不思議に思えてならない。

「よく、似てるって言われるよ」

「もう何処が似てるのかわかんないよ」

「あの人と、より戻すの？」

尋ねながら、孔太は佳人の手を放さなかった。

「自分の気持ちなのに、理屈通りには動かないな。一哉さん、何も悪くないのに」

「あの人大人で、きっとまだ佳人さんが好きなんだろうけど」

何も悪くないという言葉を聞いて、すまなさそうに孔太の肩が酷く落ちる。

「俺……佳人さんのそばから離れたくない。こういうのって、また同じことの繰り返しなのかな」

佳人の指を摑んでいた孔太の手が、力が入らずに降りた。

「俺、本当にろくでもないな。ずっとずっと繭子のこと考えてなきゃ。佳人さんみたいに」

「それは」

毎日、孔太を見るごとに言おうとして言えなかった言葉が、佳人の喉から這い出る。

「違うよ孔太」

違う、と言い切ることには躊躇《ためら》いがあった。

自分ではない者の気持ちを憶測で語ることを佳人はいつも恐れる。

「おまえを呼んで欲しいって俺に言ったとき、彼女」

責任を負いたくないからだと、気づいた。

「私も前に進めてないのって、言ったんだ。私もって言った」

けれどずっと心に掛かっているその繭子の言葉は、どうしても孔太に伝えたい。

「おまえも前に進んで欲しいんじゃないのか」

できるならそれが繭子の思いであることを、佳人は願った。

言われた言葉をじっと聞いて、孔太は意味を考えている。

「俺、佳人さんいなかったら今も繭子の言葉聞けてないままだった」

前にという繭子の気持ちを推し量ることは、まだ孔太には無理のようだった。

「一人で全部閉じ込めてたら、やっぱり繭子はかわいそうだ。繭子にはもう、憎まれてやることしかできないけど」

どの声を思い出したのか、佳人の指を握る孔太の指に力が籠もる。

応えるように佳人は、孔太の指を握り返した。

握られた指を見つめて、孔太が佳人のそばから離れられずにいる。

「……また俺は自分のことばっかり考えてる」

俯いた孔太の頬に、迷うことができずに佳人は触れた。

「それは俺だよ、孔太。おまえが言った。俺は自分のことしか考えてなかった」

一方的に別れた一哉の気持ちも知ろうとせず、あの日どうしてあんなにも一哉が自分に触れたかったのか考えもせず、今日まで話そうとさえしなかった自分の酷《ひど》い勝手を、佳人は一人なら気づけなかった。

「そんなことない」

頰に触れられて孔太がようやく顔を上げる。

「佳人さんは俺のことも、団地の友達のことも、さっきの人のこともすごく考えてるよ」

首を振って、孔太は拙く言葉を並べた。

「みんなのこと、考えてて欲しい」

「いいの？」

乞われて、佳人が何故なのかわからずに孔太に尋ねる。

「うん。だって、それが佳人さんだから」

「……そうか」

頼りない目で、それでも自分にそれを望む孔太を、佳人はただ愛おしく思った。

「ありがとう」

景色が変わるときに、たまたま会ったと、佳人は孔太に言った。

今まで見えていたものが見えなくなる。見えていた顔が見えなくなる。

疲れて面倒になって、二人なら簡単に世界を終わらせるスイッチが押せるとあのとき笑った。

けれどそうではないのかもしれないと、佳人は思った。

二人だから、簡単には押せない。孔太のために佳人はそのスイッチを押したくない。

見えなくなるものが増えていくときには、見えなかったものが見え始めるときでもあると教えるように、夜に差し掛かる視界が透明になった。

「あ」

ふと間抜けな声を、孔太が聞かせる。

「何?」

「佳人さん男だなって思った」

訊いた佳人に、きょとんとしたような顔をして孔太は傾にある佳人の指に指を重ねた。

「何それ、今?」

笑った佳人を見て、孔太も笑う。

「今」

可笑しくなって二人は、玄関先に立ったまま背を丸めた。

お盆が明けて、孔太《こうた》の要望通り三日見て選んだ晴天の日に、大がかりな操演《そうえん》の準備が組まれた。

廃校には早朝から大人数で銅のパイプが這わせられて、火を熾《おこ》しやすいように孔太がガソリンを多めに配合した燃料がこれから送られる。

退院して動けるようになった瀧川《たきがわ》も、ただの見学だと言って現場に来ていた。

「あのときもそうでしたけど、こうなるともう見てることしかできません」

火傷《やけど》の痕《あと》に障《さわ》らないように現場から少し離れたテントにいる瀧川に、隣に立って佳人《けいと》は笑った。

二十人を超える若いスタッフが走り回って準備をするのに、手伝えることなどあるはずもない。

廃校の敷地の周りは、セッティングが済んだら全員が離れることになっている。一番近い二台のカメラは安全のために無人で回す段取りだ。

それらの指示も出し、火から離れて撮影するカメラマンとの打ち合わせはもう済んでいる。

有人のカメラは、雑草を刈って敷かれたレールの上にセッティングされていた。一度限りの撮影にカメラマンはかなり神経質になってそのそばを離れずに廃校を覗き込んでいて、監督なのに佳人は手持ち無沙汰だった。役者も今日は入らない。

ただ世界を終わらせる火を撮る日だ。

「現場を孔太に任せることは、最近増えてた。こうやって眺めるのは、俺は初めてじゃねえんだが」

勧められた椅子に渋々座っている瀧川が、遠目の孔太をずっと見ている。

「本当は俺は、今日は来たくなかった」

ふと、聞いたことのない弱い声を瀧川が雑草の茂った足下に落とした。

「来たのは義務だ。……八月だ。孔太には七年目の大仕事だな」

横に立っている佳人を見上げて、瀧川が苦笑する。

「よろしくお願いします」

改まった声を渡して、佳人は深く頭を下げた。

顔を上げると、視界の隅で何かが動いた。

「……猫か。どっから来たんだろうな」

その小さな動きに瀧川も気づいて、不思議そうに呟く。

「民家遠いのに、本当に遠くまで行くんだな猫って。危ないですよね。捕まえて段ボールにでも入れておきます」

「そうしといた方がいいだろう」

瀧川にもそう言われて、佳人は猫に近づいた。

いなくなった猫と同じ、キジトラの猫だが大分若い。捕まるだろうかと思ったら、飼い猫で人に慣れているのか猫はすぐには逃げ出さなかった。

けれどあまり近くに寄ると、その分離れて行く。

学校に近づいてしまったと慌てて、佳人は猫に飛びついた。

「いたた……」

「何やってるの。佳人さん」

嫌がる猫を抱えて草むらに倒れていると、いつの間にかそばに孔太が立っている。大仰な作業着ではなく、孔太以外の皆も普通のTシャツにデニムだった。腰の周りに固定の釘やビスを打つ用具が入ったベルトを着けている。

「猫がウロウロしてたから危ないかと思って。終わるまでどっかに入れとく」

ここにいるものは皆そんな格好で、佳人もTシャツにデニムだ。

「猫に縁があるね。チビ太もそんな猫だったの？」

草の上にあぐらをかいて抵抗する猫を上手に摑んでいる佳人に、孔太は笑った。

「うん。キジトラ。でもこいつ若いなすごく」

佳人が持ち上げている間に、孔太が資材の入っていた大きな段ボールを作業用の手袋を嵌めた手で運んで来る。

「ウロウロされたら怖いから、入れといて」

孔太にも言われて、佳人は中に猫を入れてクーラーボックスを探した。都内よりはましだがこの八月の暑さの中段ボールに入れておいたら、火の前に熱中症で猫が危ない。

孔太は全体の様子を見に来たようですぐに校舎に戻り、メインで動く数人に指示を出しながら自分も絶え間なく動いていた。

頼もしく思い信じる気持ちしか、もう佳人にはない。

「監督、猫遊びですか」

昼には全員に弁当が行き渡るように手配して、モニターを見て消防や警察と話してと今日が最も忙しい祐介《ゆうすけ》が、通りすがりに佳人の手元を覗き込んだ。

「危ないからさ。カメラマンも声掛けらんないくらい集中してるし、撮影まで俺やることないよ」

「やることは自分で見つけるものです！」

ピリピリするということがない祐介だが、この現場の監督である佳人が猫と戯れていたのにはよほど腹が立ったのか歯を剥く。

「……はい」

今日ばかりはおとなしく怒られるままになって、しかし本当に今が最もやることがないと、パイプの作業と燃料の扱いで緊張感を決して途切れさせない操演チームには遠巻きになるしかなかった。

「終わるまでここにいろよ」

にゃあと鳴く猫に声を掛けて、段ボールの上を佳人が閉める。

「猫ですか」

まだ仕事のないタイムキーパーの女性に笑われて、大変な日のはずなのに佳人は自分が随分間抜けで呑気のようだと笑うしかなかった。

間抜けで呑気にしていられる。

待っていた火は、全て孔太が燃やしてくれる。

安心してそのときを待って、その火が小さな世界を終わらせるのを佳人はカメラの横に立って見ているだけだ。

消防車も待機して、大きな火を灯すための夜が段々と近付いて来る。

三階建ての小さな校舎と朽ちた体育館は敷地の中に並んでいて、最後のパイプが確認された。

「もういつでも始められる」

そのパイプを確認した孔太が、手袋を剝がしながら佳人に近づいて言った。

知らない男のようだと、佳人は思った。

まるで子どもに見えた孔太は手を取りあう相手となって、けれど今は知らない男のように頼もしい。

「始めてください。よろしくお願いします」

丁寧に佳人は、孔太に頭を下げた。

遠くで瀧川は、テントの下から何も口を出さずに全てを見守っている。

「燃料を送り始めます。着火まで三十分です」

正確に時を刻んで、孔太は鞴《ふいご》を扱うために向きを変えた。

どうやって燃料を送るのかは、喫茶店で説明された。孔太が三十分というのなら、三十分で火が始まるのだろうと、佳人はカメラマンを見た。着火前に回そうという打ち合わせだ。

この現場ではデジタルのカチンコを使っていて、助監督はいないので佳人がそれを持つ。

「シーン37、ワンテイクで最後までお願いします」

ベテランだが今日はいつにない緊張感を見せているカメラマンに、佳人は頭を下げた。

それぞれに動いていた記録係、タイムキーパーも同じに息を整える。

「あ、猫……」

けれど始めるというときに、さっき猫を見て笑ったタイムキーパーが呟いた。

鳴らそうとしていたカチンコを持ったまま、言われた方を見ると閉めたはずの段ボールがこじ開けられている。

「……え?」

佳人がそこに歩み寄ると、自分で這い出したのか猫は中にいなかった。

「何処《どこ》行った?」

鞴の音が絶え間なくしているので、燃料が匂うから猫はそっちに行かないだろうと思いながらも辺りを見回すと、今出たところなのか丁度校舎の方に猫が向かっている。

「駄目よ、そっちに行ったら」

慌てて大きな声を立てたタイムキーパーが駆け寄って、猫は反射で敷地の中に走って行ってしまった。

「ちょっと待って」

そのまま逃げるだろうと思いたいが、校舎の方に消えた猫の姿が見えずに佳人の足が無意識に一歩出る。

撮影が始まるというそのときを誰もが見ていて、佳人は強い力で腕を摑まれた。

はっとして顔を上げると、孔太が酷く怖い顔をして佳人を見ている。

「孔太……」

「あの」

何か言おうとして、孔太は言葉を探すのをあきらめた。

「佳人さん、落ちついて待っててくれる?」

「え?」

言い置くとそのまま、手袋を嵌めてTシャツにデニムで孔太が校舎に向かって走り出す。

「孔太!」

燃料を充分に送っていることはわかって、佳人は悲鳴を上げた。

「馬鹿! やめろ孔太っ! 戻って来い……着火したらどうするんだよっ‼」

叫びながら後を追おうとした佳人の腹を、全力で祐介が掴む。

「おまえが追っかけてったってしょうがないだろ！」

「だけど……っ」

「大丈夫だ。そんなに簡単に着火しないよ、落ちつけ」

佳人を宥めるように声を落として、強い力で祐介はしっかりと腹を抱いて放さなかった。

「孔太っ！　戻って来いよ孔太‼」

絶対に着火しないとは誰にも保証できず、操演チームも鞴を止めて待つ他ない。

テントの下から出て来なかった瀧川がそこに立っているのが目に入って、佳人は余計に胸がざわついた。

名前を叫ぶ声ももう上がらず震えている佳人の視界に、けれど孔太の姿が映る。

手袋で不器用に猫をしっかりと掴んで放さずに、走って孔太は佳人のところに戻って来た。

戦慄《わなな》いて見上げている佳人に、孔太は困り果てたような顔をしている。

「燃料まだ送り始めたばかりだから、絶対着火しないとは言えないけど着火しても戻れるくらいの燃料だよ。……三笠《みかさ》さん、猫、段ボールに戻してもらえますか」

暴れる猫を孔太が、佳人を抑えるのに息を切らせている祐介に渡した。

「もちろん」

よく動く猫に手を焼いて、祐介が段ボールに走る。

「俺は絶対誰も殺さないように火を使うのが仕事だから、自分のことも守れるし」

言い聞かせるように孔太が、一つ一つ言葉を選んで佳人に渡した。

「猫も守れるよ」

それが一番大切なことだと、孔太が少し笑う。

「て、言うほどの余裕はなかったから、落ちついて待ってててって言ったんだけど」

「……無茶言うなよ」

頭を掻《か》いた孔太に、佳人は本当は泣き出したかった。

「猫に引っかかれた」

暴れられて掻かれた肘を、孔太が見せる。

「恩知らずだな、あいつ」

孔太が口を尖らせたので、佳人はなんとか笑うことができた。

「続けていいですか」

仕事の顔に戻って、孔太が佳人に尋ねる。

「お願いします」

頭を下げて佳人は、いつの間にか足下に落ちていたカチンコを取った。

「シーン37、ワンテイクで最後までお願いします」

カメラマンの横に立って、息を整える。

「着火します」

背後から孔太の声が聞こえて、佳人はそのタイミングで大きく始まりの音を鳴らした。

燃料を行き渡らせているせいで、校舎が燃え上がるのは一瞬だった。方々から火が出て、大きな火が校舎と体育館を包み燃え続ける。

夜は遠くに消え去り、火花は強く散ってうねった。

カメラマンはレールの上を滑車で行き来して、そのどの火も漏らすまいと追い続けている。

火がかなり大きくなったところで、孔太が一旦鞴を止めたのがわかって佳人は火に見入りながら機材に歩み寄った。

「そんなに近づいちゃ駄目だ」

振り返らないのに孔太に強く言われて、大分手前で佳人が足を止める。

気づくと瀧川の姿はなく、テントに戻ったのだろうけれど佳人は振り返らなかった。

瀧川にはきっと、遠くでこの火を見ることが新しい景色だ。

世界を終わらせる火を、佳人は孔太に頼んだ。

想像より遙かに、離れていてもその赤い火は痛いほどに熱い。

瞬きもせずに、佳人は火が燃え続けるのを見ていた。

火は長いこと燃え続けて、このまま燃え尽きるのを待ったら明け方になると孔太《こうた》が佳人《けいと》に言い、惜しみながら消防に消してもらった。

撤収して宿で寝たのは朝で、数時間後に起きて佳人も手伝ってパイプの撤去や燃えかすの片付けをして解散したらもう夜だった。

皆疲れ果てて、打ち上げは後日と手を振り合った。

「火の匂いって消えないんだな」

朝には瀧川《たきがわ》は一人で帰っていて、佳人は孔太と一緒に車を戻しに行って瀧川に挨拶をした。

静かに礼を言われたときは、頭を下げる以外佳人も何も返せはしなかった。

「昨日着てたTシャツは使い物になんないよ」

江古田《えこだ》の佳人の家に向かって夜の往来を歩きながら、孔太が笑う。

瀧川に挨拶をしたら、佳人にも孔太にも言い様のない疲れが襲っていた。

あの火を灯すことをゴールに、昨日までを過ごした。目的が一つ完全に終わって、同じ帰路についてももう明日のことが何も考えられない。

これからどうしようかと、佳人は孔太に尋ねそうになった。けれど自分の中にはまだ、言葉にできるような答えはない。

キスしていいと訊いた孔太を、止めたままにしているのは佳人だ。

小さな門扉を潜って玄関の鍵を開けたところで、佳人は何処かで携帯が振動していることに気づいた。

ずっと見ないでいた携帯は担いでいた鞄に入っていて、慌てて取り出すと「小田繭子《おだまゆこ》」とこの間登録した名前が浮かび上がっている。

隣に立っている孔太の目にも、その名前は見えていた。

慌てて佳人は電話に出ようとしたが、その前にコールが途絶えた。

「ごめん気づかなくて、繭子さんだ」

掛け返そうかと迷った佳人の手元を、孔太が見ている。

「何がごめんなの」

「気持ちが変わったのかもしれない」

もう一度孔太とやり直したいということかもしれないと、佳人は思った。十年という時間に対して、あのときの繭子は衝動的にも見えた。

「俺、繭子には何度でも謝りたいけど、繭子の気持ちが変わるわけないよ」

「でも」

唯一の孔太の家族だった繭子との写真を、佳人は忘れていない。

「でもじゃないよ。それに俺、とっくに」

不意に、孔太は苛立《いらだ》った声を上げた。

「とっくに佳人さんのことが好きになって……あんなに可愛《かわい》くておとなしくてやさしい女を十年も好きだったのに」

告白に続いたのは、途絶えた電話の女を彩る言葉だ。

「こんなきつい性格の六つも年上の男を好きになるとかもう、誰も信じられない。自分のことが一番信じられない。わけわかんないよ！」

気持ちを言葉にした途端孔太は癇癪を起こして、大きな声を立てる。

「俺だっておまえみたいに十年も同じ女とつきあって結婚まで考えてたノンケの男なんか、本当は真っ平ご免だ！」

それはこっちの台詞《セリフ》だと、佳人も衝動で同じ勢いで言い返した。

何処《どこ》かの窓が開いたのがわかって、慌てて玄関の中に二人とも飛び込む。

「……本当はって、俺が取りたいように取っていいの？」

暗い玄関で不意に静かに、孔太は佳人に尋ねた。

もう一度、佳人の携帯が振動する。着信の名前は、また藺子だった。

暗がりに浮かび上がる家族だった女の名前を、じっと孔太が見つめる。やがて、孔太は佳人から携帯を受け取ると自分で藺子の電話に出た。

「もしもし、繭子？　……俺」

初めて聞く酷くやさしい声を、孔太が聞かせる。

繭子からの言葉は聞こえず、佳人は黙って孔太のそばにいた。

「繭子、俺一つだけおまえに言いたいことあって」

無言の繭子に、孔太が投げかける。

「弟のこと、気づいてやれなくて本当にごめんな。だけど、弟だけじゃなくて」

何を孔太は繭子に言うのだろうと思いながら、佳人は不安にはならなかった。

「繭子にも何も罪なんかないよ」

孔太は誰も裁かない。

誰も殺さないと決めている者に火を預けると、瀧川は言っていた。孔太は誰も裁かないから絶対に誰も殺さないのだと、佳人は隣にいた時間分それを知っている。

だから十五歳の繭子は二十五歳になった。

『謝りたかったの』

やっと聞こえた繭子の声が泣いていた。

『私、酷《ひど》すぎた。ごめんなさい』

電話の向こうで繭子が謝ったのが、佳人の耳にも届く。

『本当は孔太が大好きだった時間の方がずっと長かった。大好きだったから孔太といた』

その時間は終わってしまったけれど、なくなったのではないと繭子の声が細る。

『私が今生きてるのは孔太のお陰《かげ》なの。孔太がいなかったらとっくに死んでた。なのにごめんね、孔太』

酷いこと言ってごめんと、足りずにまた繭子は謝った。

『ありがとう』

最後にその言葉を残して、電話が切れる。

携帯に向かって、孔太が無意識にか小さく頭を下げた。佳人の手に、孔太はその携帯を戻そうとした。

「なんで泣くの」

手を取った孔太に問われて佳人は、自分が泣いていることに初めて気づいた。

「おまえが泣き方、知らないから」

大きな孔太の手が佳人の頬に伸びて、薄闇で頬を抱くように涙を拭う。

「……俺わかんないことがたくさんあって」

涙と一緒に、強ばりが溶けていくのを佳人は見送った。

「わからないままじゃ怖くて歩けないと思ってた」

頬に触れている孔太の手が熱い。

「全部なんて、誰にも見えてないのにな」

「また、難しいこと言ってる」

よくわからないと、孔太が笑った。

「俺とても細かい人間だから、シャワー浴びて。俺も浴びるから」

自分のためではなく孔太のための涙が爪先に落ちて、やっと佳人は、自分に孔太が守れると信じられた。

「それも難しいよ」

玄関の灯りを点けて靴を脱いだ佳人を、後ろから追って孔太が抱きしめる。

「おまえと抱き合いたい」

笑った佳人の頬に、孔太が頬を寄せた。


シャワーを浴びて洗った髪が濡れたまま、二階のベッドの上で佳人《けいと》と孔太《こうた》は向き合って座っていた。

上半身裸の孔太の手が、Tシャツを着ている佳人の髪に触る。

「おまえ、年増だけどやれなくないっつってたな。そう言えば」

そのまま頬を抱こうとした孔太の、最初の日の言葉を佳人は不意に思い出した。

「なんでそれ今言うの。美人だって言っただろ？　……どうやってくどいたらいいのかわかんなくて」

「くどいた？」

「そんでやらしてくれないの!?」

話を続けようとした佳人に、孔太が短気を起こす。

「少し、はしゃいでるの。俺」

「俺そんな余裕ない」

なんだか今更な気がするけどと笑った佳人を、孔太が抱き寄せる。

「キスしていい？」

いつかと同じに、孔太は佳人に訊いた。

「訊くのかよ」

髪を抱いてやって佳人が自分からくちづけようとするのを、肩を押して孔太が止める。

「俺がしたいんだよ」

「男の子だね、おまえは」

呆れて笑った佳人の唇に、孔太はゆっくりと唇を寄せた。

触れて初めて佳人が、孔太と一度もこうして触れ合っていないことに気づく。もうずっと近くにいたようなのに唇の感触は全く知らないもので、佳人の肌を酷《ひど》く騒がせた。

「……っ……」

くちづけながら孔太が、佳人の体を横たえる。丁寧にしようとしながら、孔太は逸《はや》って佳人の唇を舐《ねぶ》った。

舌を入れられて、腹の底が熱くなるような感覚に佳人が孔太にしがみつく。

「ん……っ」

深く舌を絡めている孔太はもう、佳人の肌を欲していた。

「……孔太」

一度離された唇がまた触れようとするのに、佳人が長いキスを咎《とが》める。

「なんでそんなにキスすんの」

「ずっと佳人さんにキスしたかったから。俺、やっぱり下手？」

「気にしてんのかよ」

「当たり前だろ」

当たり前だと孔太に真顔で言われれば、男が役に立たなくなるような散々なことを言ったとは佳人もしっかり覚えていた。

「下手じゃないし」

もっとと、佳人が孔太の肩を掻く。

「上手いとか下手とか、関係ないみたい」

笑った佳人に、孔太はまたくちづけた。

ずっと唇を貪っている孔太に、佳人の肌が焦れて揺れる。

そんなにもずっとくちづけたかったのだろうかと思うころには、佳人の思考も曖昧《あいまい》になり始めた。

「……なんでTシャツ着てるんだよ」

裾から手を入れながら、孔太が小さくふて腐れる。

「文句が多いな」

「そうじゃなくて」

佳人のTシャツを脱がせて、孔太は熱を持った肌を合わせてきた。

「焦りたくないのに、もうしたくて」

大変なんだよと耳元で言って、孔太が佳人の肌を掌《てのひら》で辿る。唇は耳元からうなじを降りて、指先は胸を丸く撫でた。

自分はきっとそれを思うだろうと、佳人はいつからか思っていた。

十年も一人の女と寝ていた孔太の体がそのときのように動くのを、愛していたらきっと辛く思うだろうと。

どうしても孔太の唇や指は、覚えていたように動く。けれど想像のように佳人には、悲しくはなかった。

当たり前だと思った。裸で孔太と抱き合っているのに、その女も見ているのに。

それは孔太が生きていた時間で、それが今の孔太だ。一緒にいることができれば、また孔太も自分も変わっていく。

「……孔太」

今このときの孔太が、佳人には愛しかった。

「名前とか、呼ばないで」

耳元で言った佳人を、孔太が咎める。

「いやなの？」

「だから、何度言わせるんだよ。俺本当に余裕ないから」

「一回抜いてやろうか」

「絶対やだよ！」

むきになって言った孔太に、佳人は思わず笑ってしまった。

「佳人さんは余裕なの？」

額を合わせて目を覗き込んだ孔太の瞳が、酷く悲しそうに揺れる。

自分の感情とは正反対に、孔太は佳人が男の愛撫を知っていることが切ないかもしれないと佳人は教えられた。

「そんなんじゃないよ。俺はただ」

まだ目を覗いている孔太の頬を、佳人が掌で撫でる。

「楽しい」

「何それ」

「ごめん間違えた。嬉しい」

自分から佳人は、孔太の唇に触れるだけのキスをした。

「おまえとこうしてるのが、嬉しい。ずっとしたかった」

「ならなんで駄目って言ったの。キスしていいって訊いたとき」

「だから」

不安そうな孔太の目を閉じさせて、瞼にもくちづける。

「我慢してたの。おまえには俺じゃ駄目だろって思ってた。今はそう思ってないから、それが嬉しいんだよ」

「我慢なんかしないで」

堪《こら》えられずに強く、孔太は佳人を抱きしめた。

互いの熱が同じように上がって、孔太に肌を吸われて佳人も息が上がる。

「ん……っ」

最初の晩とはまるで違う掠《かす》れた声が、佳人の唇から零《こぼ》れていった。

「んあ……」

好きにさせて胸を舐らせて肌を探らせていたけれど、佳人も肌が疼いてもう充分に硬くなった孔太のそれに指を伸ばす。

「ちょっと待って」

「何」

「触られたらやばい……佳人さん、いれていいの？」

「……いいけど」

腰を抱かれて、そんな率直な物言いがあるかと笑おうとして佳人も笑う余裕がなくなった。

「俺も佳人さんに触っていい？」

「いちいち訊くなよ」

耳を吸われながら尋ねられて、佳人が声を焦らせる。

初めて他人のものに触るのだろうに、孔太は躊躇わずに佳人の下着の中に手を入れてきた。指で撫でられてゆっくりと扱《しご》かれて、それだけは孔太は誰にもしたことがないと思った途端に、佳人の息が酷く乱れる。

「ん……っ」

簡単に声が漏れてしまって、顔を伏せようとしたら佳人は孔太にくちづけられた。

「んあ……っ、こう、た……俺にも触らせてよ……」

「触られたら出ちゃうってば」

手を伸ばした佳人を阻んで、孔太は佳人が肩で息をするごとに指を上下させた。

「俺が先に……出ちゃう……、やだよ孔太」

「どうして。見せて、佳人さんいくとこ」

「やだよ」

「見たい」

首を振る佳人に懇願して孔太が、自分がされたように濡れ始めたものに指を絡ませる。

「……んっ、孔太、待って」

「演技じゃないよな」

「……っ……、執念深いなおまえ！」

「だって一度騙されてるから心配になるよ！　演技なら俺死ぬから‼」

突き飛ばした佳人に、孔太は引かなかった。

「わかんないの？」

声を掠れさせながら、佳人は孔太の頬を胸に抱く。

「……心臓、すごく早い」

「早いよ。おまえと同じに熱いし」

顔を上げた孔太のうなじの火傷《やけど》の痕《あと》を、焦れて佳人は掻いた。

「もうおまえが欲しい」

「本当はこの間のローション使うのやだ」

その先のために孔太に言われた意味は、佳人にもすぐわかる。

「今度おまえの買っとくから、今日はこれで勘弁して」

自分ではない男の気配に、孔太は酷く敏感だった。

顔も見ているし当たり前かと思って、サイドテーブルの引き出しから出したローションとコンドームを渡しながらそれは佳人もすまなく思う。

指を濡らして、孔太が佳人の下肢に触れた。

「ん……」

怖《お》ず怖ずと指が入り込んでくるのに、佳人の肉が蠢く。

「あ……、ん……」

声を乞うようにしながら、孔太は指で中を掻いた。

最初の晩とそのやり方は、何が違うでもないような気がした。違うのは自分だと、考える余裕もなく佳人が孔太にしがみつく。

「んあ……」

「もっと濡らした方がいい？」

息を途切れさせて、孔太が佳人の耳元に訊いた。

「……もう、いれて」

答えに大きく息を吐いて、孔太が指を引く。コンドームを取って中を取り出すと、慎重に孔太はそれを着けた。

受け入れるように足を浮かせた佳人の体の中に、過ぎるほどゆっくりと孔太が入って来る。

「……っ……」

「大丈夫?」

「……大丈夫だよ……」

問われても答える声が上ずって、驚くほど自分の肉がずっと孔太を求めていたこと、与えられて初めて佳人は思い知った。

「……ん……っ」

少しずつ出入りを繰り返しながら、孔太はなかなか奥に辿り着こうとしない。

「なんなの……おまえ」

「なんなのって」

「ゆっくり過ぎるよ……」

「だって……デカかったら痛いって言ってたから」

あの晩のことはすっかり孔太のトラウマになっていて、それが思い切り自分に返ってきたと佳人は息を外に逃がした。

「いいよ、大丈夫」

「でも」

「おまえがしたいことが、俺がして欲しいことだよ」

酷く疼いて自分から腰を蠢かした佳人に、また少し孔太が中を探る。

「本当に？」

「いいかげんにしろ」

唇を嚙み締めた佳人を抱いて、孔太はようやく来て欲しいところに触った。

「んあっ」

「……痛い？」

声を聞いた途端に、孔太が動くのをやめてしまう。

「なんなんだよ……意地悪してんの？」

そこを触られたまま止まってしまった孔太に、とうとう佳人の声が泣いた。

「意地悪なんて、全然したくないよ」

困り果てたように孔太の声も切羽詰まる。

「好きだから絶対酷いことしたくない。もうどうしたらいいのかわかんないよ、俺も」

言葉の通り孔太は、佳人の中にいてどうしたらいいのかわからずにそのままでいた。

「孔太……お願い……」

泣いて佳人が孔太の頬に縋《すが》る。

額を合わせて懇願しても孔太は惑っていた。

「俺がいやなことしたら絶対言って」

額を合わせたまま孔太がまたゆっくりと動き始める。

加減がまるでわからない孔太の施すものはやさしすぎて、届いてはすぐに奪われる感覚に佳人は我を失った。

「お願い孔太、何回お願いしたらいいの……っ」

合わせた額の先で酷く泣いた佳人に、孔太が息を呑んで体の赴くままに佳人を抱く。

「んあっ、あぁっ、こう、た……っ」

声が何を綴っているのか、佳人にはもうわからなかった。

「……佳人さん、俺、もう……」

掻き抱いた佳人の肌の中で、孔太のものがより熱く硬くなる。

「俺も、だよ」

「本当?」

「あ……っ、もう……っ」

悲鳴を上げて佳人は体を強く震わせて肌を濡らしてしまって、孔太も我を忘れて佳人を抱き込んだ。

「あぁ……っ」

薄いゴム越しに孔太が出した感触が熱くて、佳人の肌がまた揺れる。

「……っ……」

そのせいで終われずに、孔太はもっと佳人を強く抱いた。

「んあっ、孔太、こう、た……っ」

「ごめん……っ」

いったまま佳人を嬲《なぶ》っていることはわかって、孔太は声を漏らしたけれど止まれない。

「あぁっ」

夜を裂くような声が佳人の喉を切って、孔太はようやく腕を緩めた。

息は整わず肌は焼けるように熱く、水を浴びたような汗に二人ともがすぐには動けない。

「本当にごめん……佳人さん」

息しかできない佳人の中からゆっくりと退いて、孔太は頰を撫でてくちづけた。

「なんで謝るの……俺、多分おまえより気持ちよかったよ」

なんとか声を聞かせて、本当のことを佳人が教える。

「俺より?」

「……ああ、すごい気持ちよかった」

浮かせた指で、佳人は孔太の肩を探した。

「俺、あいつのこと好きだったのかもしれない」

丁寧に佳人を胸に抱こうとした孔太に、されるまま寄り添う。

「今他の男の話するのひどくない？」

「ごめん。でも」

孔太の肩から、佳人は拗ねた顔を見つめた。

「おまえのことすごく好きだから、あいつのことも好きだっただろうって」

「そうか」

打ち明けると孔太は、拗ねるのをやめて笑ってくれた。

「よかった」

その声を聞いて佳人は、誰かのことを考えるのが自分だからと孔太が許してくれたことを、思い出した。

孔太は嘘を吐《つ》かない。

「うん。よかった」

ずっと自分の感情だけで精一杯だったけれど、仔猫を入れた小さな部屋にずっと置いてくれると言ってくれた少年は、やさしかったと佳人は思い出した。

「佳人さん」

濡れた佳人の髪を、孔太の指が撫でる。

「俺、今が一番押したい。世界が終わるスイッチ」

ぼんやりと孔太のまなざしが、そのスイッチを本当に探していた。

「今ここにあったら、迷わず押す。好きな人が、俺を好きで。俺も好きな人も気持ちいいんだって、ちゃんとわかって初めてした」

綴《つづ》る言葉の通りには、孔太の声は明るくはならない。

「今、終わって欲しい。世界」

祈りのように、孔太は言った。

「今日よりいい日が来ると思えない。明日が来るのが怖い」

心からそれを願っている孔太の横顔を、佳人が見つめる。

離れて行った繭子《まゆこ》のこと、佳人が愛せなくなった一哉《かずや》のこと、今佳人が好きだったと言った死んでしまった同級生のことを、きっと孔太は思っている。

愛し合って抱き合った先に、何があったのかを。

「不安しか残らなかった？」

抱き合ってと、佳人が問うのに孔太は答えられなかった。

孔太がどうして不安なのか、佳人にはよくわかる。けれど佳人は今、少しも不安ではない。

この気持ちをどうやって伝えようと、佳人は目を伏せた。

同じではない思いを伝えたら、孔太はもっと不安になるだろうか。言葉は見つからない。

「とりあえず今日、一緒にいよう」

手を伸ばして佳人は、孔太の頬を撫でた。

「少し頑張っておまえは俺を大事にしろ」

戯《おど》けた佳人に、孔太がようやく少し笑う。

「俺もそうするから」

眠りが不意に、佳人の元に訪れた。

「そしたらまた、明日が来るだろ」

目を閉じて次に開けたら、それが明日だ。

「……うん」

額にくちづけられたあたたかさを受け止めて、好きな人と寝ていると思いながら、佳人は眠りに手を引かせた。


冬が終わっても佳人《けいと》の猫が帰って来なかったら、二人が暮らしやすい家にちゃんと引っ越そうと言いながら、孔太《こうた》は上手に自分の居場所と時間を融通《ゆうずう》するようになった。

そうしていたら引っ越すのが面倒になって、佳人と孔太は二人に慣れた。

目の前の、冬の終わりの三月を迎えたら、瀧川《たきがわ》は完全に名前を引くと決まっている。

「映画って、できあがるまでこんなに時間掛かるんだな」

完成した佳人の映画は試写が始まっていて、何度目かの試写で孔太の仕事が空いて二人でそれを観た。

「その辺は俺がのろまなんだ……編集力が低い。配給決まってたから焦ったよ」

普段歩かない銀座を歩く孔太の冬服は見慣れないけれど、コートを羽織り出したときに初めて見るような気持ちが佳人はしなかった。

孔太も同じならいいと願う。特別に胸が騒ぐような思いはいらない。

ふと佳人の髪が降りて、頬に触った。長い髪を求められる役が続いて後ろで結ったままだが、佳人は早く髪を切りたかった。

「その癖やめろって」

結びきれないその髪に、孔太が触る癖がある。

「なんでそんなに嫌がるの」

無意識に佳人の髪を弄ぶ指をしまって、孔太は肩を竦《すく》めた。

「なんでって」

問われて苛立つわけをよく考えたら、口に出すのは癪で佳人が黙り込む。

「……あのさ。『あ』って何」

あまり人気のない路地裏を地下鉄の駅に向かって歩きながら、頭を掻《か》いて孔太がようやく映画の感想を言ったのが佳人にはわかった。

「……また何処《どこ》かの外国のよくわからない賞をいただくことになるな……」

最後に主人公が言った一言の意味を孔太がわかっていないのに、佳人が軽く絶望する。

公開を前に試写の評判は悪くないが、この感触は前回とそんなに変わらないと佳人は今強く実感させられた。

「最初から決めてた結末だけど。そう簡単に世界は終わらないから、結局生きてくしかないって」

またしばらく俳優業に勤《いそ》しまなければと、創った映画の意味を説明するという状況に絶望はますます深まる。

「おまえが燃やしてくれた火を見たら、本当に簡単には終わらないって知った。小さな小学校一つ燃やしきるのに、あんなに赤い火がうねって、離れてても焼けそうに熱くて」

映像よりももっと鮮明に忘れられない、真夏に孔太が焚いてくれた大きな火の熱さを、佳人は今でも肌に帰せた。

「世界を終わらせるのは全然簡単じゃない。きっとすごく苦しい。たくさんの人が苦しい」

今は冬の終わりの風が吹いていていて、まだ寒い。

「それなら世界は終わらない方がいいって、思った」

それでも火を思い出すと佳人は、その熱風を浴びているように痛みを感じた。

「終わらない方がいいよ。孔太」

立ち止まって振り返って笑うと、孔太の返す笑顔はまだ曖昧《あいまい》だ。

「目の前のものが世界の全部じゃないし、どうしたって簡単には終わらない」

やっと今自分がそう思えたところだけれど、孔太にもいつかはそう思って欲しいと佳人が願う。

「まだあるの？　もっと俺の知らないこと。もういやだもういらない」

子どもの駄々のように、孔太は呟いた。

「じゃあおまえの知らないこと、一個教える」

道を間違えたのか目当ての駅に着かず、むしろ離れていると気づく。けれど佳人はこのまま知らない道を歩くのもいいと、立ち止まらなかった。

知らない道を一緒に歩いているのは、孔太だ。

「いやがらせ？」

「そう、いやがらせ。俺はさっさと髪を切りたい。おまえのその長い髪に触る癖が本当にいやだ」

苦笑して尋ねた孔太に、本当は言いたくなかったけれど佳人が口を切る。

「おまえ女としかつきあったことないから、やなの。そうやって髪に触られるの」

寝ているときに丸く胸を撫でられてもやさしい気持ちになれるのに、何気なく髪に触られるとほとんど逆上しているので、感情の儘《まま》ならなさに佳人は自分でも呆れた。

「……やきもち？」

言い放った佳人の顔を、窺うように孔太は覗き込む。

「そんな生やさしい感情ではない」

「怖い」

冷たく言った佳人に、孔太は本気で怯えて見せた。

「そう。すごく怖い気持ちだよ……だから触るなって！」

なのにまた笑って髪に触った孔太の指を、佳人が手で思い切り弾く。

「だって、嬉しいよ」

指を払われたのに、孔太は少し嬉しそうにしていた。

「何がだよ」

冬の陽射しは冷たくても明るくて、二人の足下は鮮明だった。

「俺だけずっとやきもち焼いてるのかと思った。俺も怖いことたくさん考えてるよ。佳人さんと寝たあと」

「おまえの怖いことなんかたかが知れて……え、ずっと？」

夏には孔太が他の男の気配を気にするところも見えたけれど、ずっととは思わずにいた佳人が思わず尋ね返す。

「佳人さん抱いたら考えるよ、どうしても。それでまた」

ふと、孔太の顔から笑顔が消えた。

「明日は大丈夫かって、怖くなる。佳人さん、明日も俺のそばにいるのかなって」

当たり前のように孔太は、その不安を口にする。

見慣れた孔太の顔が、別れた人たちのように他人のように見える日が来たらと考えると、佳人も足が動かなくなった。

けれどそれは一瞬の惑いだ。

「明日のことは、また明日考えよう」

行こうと、笑って孔太の肩を佳人は押した。

「あ」

創った映画の終わりのように、佳人の唇から不意に声が漏れる。

「何?」

「この言葉、初めて言った気がする」

初めて口にした言葉だとその馴染まなさに気づいて、ぼんやりと声の消えていった先を見送った。

「……それって、いいこと？」

新しい景色、新しい言葉を連れて来た恋人が、不安そうに佳人に問い掛ける。

怖いことの多い孔太の顔を、佳人は見つめた。

佳人はもう、明日のことが怖くない。孔太はまだ、明日が怖い。

誰のことを考えていてもいいと言ってくれた孔太は、佳人には守れない猫を守れると言った。

始まりのときには誰にも罪がないと言う、誰のことも裁かない孔太が隣にいてくれるから、頑なに罪だと信じていた幼さが消えて佳人はやっと十五歳ではなくなった。

明日の世界には孔太が息をしている。

だから佳人はもう世界を終わらせたいとは思わない。

やっと大人になった。明日が怖くない。

せめてそれを伝えようと、佳人が孔太を思う。いつかは二人ともが怖くなくなる日が来るといいと願った。

孔太がそうしてくれたように、自分にもきっとその手を引くことができる。

尋ねられた言葉は恋人の傍らで生まれたもので、とてもいいことだと声にしようと、健やかに佳人はその人を見た。

「孔太」

世界。

AFTERWORD

あとがき

—菅野彰—


お手にとってくださって、ありがとう。菅野彰です。

いつも同じことを書いている私なのですが、これは少しいつもとは違うものになったかなと思っています。

とても大切に書いて、大切な本になりました。

読んでくださった方にもそうであることを願っています。

孔太《こうた》と繭子《まゆこ》が先にいて、主人公だけれど孔太と出会う人として佳人《けいと》が現れました。

子どものころにはわからないことがたくさんあったけど、今は少しは助け合えるかもしれない。佳人と孔太は。

もし二人ともが十五歳ならどうなっていたか。出会うときを選ばれる人たちがいる。それは孔太と繭子も。

そんなことを考えながら、書いたりしました。

物語の外側にあること、そこで生きる人たち、繭子、孔太の妹、空《そら》、佳人の団地の友達、それぞれのことも考えるけれど難しいです。

本当はみんな幸せになって欲しい。繭子にも幸せになって欲しい。

いつもとは違うというのは、見て来たようなことを書いたところで。最後まで削ろうかどうしようか悩んだ言葉も、削らないでと何処《どこ》からか声が聞こえた気がしてそのままにしました。聞いてくださったらありがたいです。

あ、ごめんなフミヤ。子どもの頃好きだったんだよ。この歌を聴くと、子どもの頃は子どもなりに馬鹿だったんだな、怖いなって思う。

それだけ心に残ったので使わせて貰いました。

人は変わるし、フミヤも今は違う歌を歌ってる。私も子どもの頃とは違うことを考えてる。団地も色んな団地がありますが、物語の中に出て来る巨大団地は私が育った町にあった団地です。思い出すと明るい気持ちにはなれない。

その頃育った町、通った場所、出会った人をちゃんと書いたのは初めてで。私はもう随分な大人だけれど、こんなに離れるまで触れられなかったんだなと思ったりしました。

私がデビューした頃、BLって「それはBLでは扱うべきことではない」というテーマがいくつかありました。決まりごとがあったわけではないけれど、暗黙の了解のような。あまり現実の問題に即したことを書いていいジャンルではないという頃があったと思います。

今は違うんじゃないかな。BLもその中でいろんなジャンルがあるけれど、真摯《しんし》に書くのであれば「それは書いてはいけない」ということがほとんどなくなったように思います。

それはそういう作品を書いてくださった作家さんたちが作って来た場所だと、私は最近考えていて。

だから諸先生方に感謝です。

毎回ではないけれど時々また、佳人と孔太のような人たちが書きたい。

孔太と佳人は、ずっとセックスのこと考えてるのになかなかできなくて、そこは書いていていて普通にジリジリしました。いやもうやっちゃったらいいんじゃないのと、書いていながら何度も思った。

特典ペーパーには、出会って一年後の二人のかわいい話を書きました。本の中にかわいいところがあまり入らなくて、抱き合ってから先は恋人同士としてかわいいこともあるよねと思い。ペーパーに書いたのは、孔太が佳人の作る食事に対して「美味《おい》しい」を言わないまま一年が経ったという話です。孔太はそういうこと全然気が回らなさそうだ。佳人には本当に、初めて向き合う男の子です。爆発することも何度もあるでしょう。

そういう日常のかわいいことを書ける余白があまりなかったなあ。

チビ太のことは、自分が猫飼いなのでどちらもしんどく書きました。

それでもまた佳人は、別のチビ太と出会うと思う。チビ太と、佳人と孔太で暮らし始めることでしょう。廃校を燃やすシーンで描写したつもりですが、孔太は猫の掴み方もわからない男子です。そういう男子のことは猫の方では大嫌いです。

なので孔太はチビ太に嫌われて邪魔にされて、佳人を取られたみたいな気持ちでチビ太とは暮らすのだ。そんなショート・ストーリー書きたかったな。

彼らは、エンドマークをつけるときに一際《ひときわ》別れがたい人たちでした。

挿画は草間さかえ先生が担当してくださいました。私は草間先生の作品が大好きで、「大好きなんです。大好きなんです」と囀《さえず》っていたら、今回の挿画を担当さんがお願いしてくださいました。決まってから嬉しくて、大切な話を書こうと、書くことができました。

カバーが上がって来て、一枚の絵の中に大きな物語があって。

ただ嬉しかったです。本当にありがとうございました。

そんな草間先生にお願いしてくださった担当さんにも、大きな感謝です。大事な本になりました。

いろんな方の手元に届く本だから、大事なのは私だけじゃないと嬉しい。

佳人が、孔太が、繭子が、瀧川《たきがわ》が、空が、必要な人がいればその人の元に残ることを願っています。

訥々《とつとつ》と語ってるみたいな後書きでしょ。いつもの倍の長さなの、ページが。書き上げた小説に対して、本当はこんなに語れることはないものなのです。

また次の本で、お会いできたら幸いです。

新緑を待ちながら／菅野彰

この本を読んでのご意見、ご感想などをお寄せください。
菅野 彰先生・草間さかえ先生へのはげましのおたよりもお待ちしております。

〒113-0024　東京都文京区西片2-19-18　新書館
[編集部へのご意見・ご感想] ディアプラス編集部「おまえが望む世界の終わりは」係
[先生方へのおたより] ディアプラス編集部気付　○○先生

-初出-
おまえが望む世界の終わりは：書き下ろし

[おまえがのぞむせかいのおわりは]
おまえが望む世界の終わりは

著者：**菅野 彰** すがの・あきら

初版発行：2017年5月25日

発行所：株式会社 新書館
[編集] 〒113-0024
東京都文京区西片2-19-18　電話（03）3811-2631
[営業] 〒174-0043
東京都板橋区坂下1-22-14　電話（03）5970-3840
[URL] http://www.shinshokan.co.jp/

印刷・製本：株式会社光邦

ISBN978-4-403-52428-8 ©Akira SUGANO 2017 Printed in Japan

D+

dear+ novel

omaeganozomu sekaino owariwa